Jakob Frohschammer

Ueber die Freiheit der Wissenschaft

Jakob Frohschammer

Ueber die Freiheit der Wissenschaft

ISBN/EAN: 9783742898852

Hergestellt in Europa, USA, Kanada, Australien, Japan

Cover: Foto ©Andreas Hilbeck / pixelio.de

Manufactured and distributed by brebook publishing software
(www.brebook.com)

Jakob Frohschammer

Ueber die Freiheit der Wissenschaft

Ueber die

Freiheit der Wissenschaft.

Von

Dr. J. Frohschammer,

ordentl. Professor der Philosophie an der Universität München.

München 1861.

Verlag der J. J. Lentner'schen Buchhandlung.

(E. Stahl.)

Vorrede.

Die Hauptaufgabe der folgenden Untersuchungen besteht darin, zu zeigen, daß die Philosophie auch auf dem Standpunkte des Katholicismus Freiheit der Forschung in Anspruch zu nehmen habe, und nicht im Verhältniß der Dienstbarkeit stehen könne, wenn sie Bedeutung, ja auch nur wahrhafte Existenz haben soll. Da aber die Philosophie auf Freiheit nur Anspruch hat, in wiefern sie Wissenschaft ist, und da die Untersuchung eine durchaus principielle seyn sollte, so wurde sie zu einer Erörterung und Beweisführung für die Freiheit der Wissenschaft überhaupt, und der Philosophie insbesondere, erweitert.

Also Freiheit der Wissenschaft, insbesondere der Philosophie auf dem Standpunkte der katholischen Kirche! Mich dünkt ich sehe schon, wie die Einen bereits Hohn auf den Lippen haben, die Andern vor Entrüstung sich kaum zu fassen wissen. Denn für zwei Partheien steht es von vorne herein, ohne alle Untersuchung fest, daß von Freiheit der Wissenschaft innerhalb der katholischen Kirche nicht die Rede seyn könne, und daß jeder Versuch,

dieselbe geltend zu machen, ohne weiters als ein eitles
Unternehmen zu verurtheilen sey. Die eine Parthei bilden
die erbitterten, fanatischen Gegner des Katholicismus, die
andere aber besteht aus Katholiken, die dieß par ex-
cellence zu seyn wenigstens selbst behaupten, und sich
selbst für die wahren und ächten Bekenner und Hüter
des Katholicismus ausgeben. Beide Partheien harmoniren in diesem Einen Punkte wunderbar, daß Freiheit
der Wissenschaft und katholische Kirche zwei gänzlich un-
vereinbare Dinge seyen; beide gar nicht wollend, daß es
anders sey oder seyn könne. Und sie arbeiten beständig,
bestens einander unterstützend, daran, dieß der Welt glauben zu machen und jeden Zweifel daran zu unterdrücken.
Die Einen, indem sie nimmer ermüden, den Katholicismus
als absolutes Hinderniß aller Wissenschaft darzustellen und
die katholische Kirche als Knechtungs= und Verdummungs=
Anstalt des menschlichen Geistes auszurufen; die Anderen, indem sie — ihren eben erwähnten geehrten Com-
militonen in die Hand arbeitend — ihr Möglichstes thun,
um theoretisch die katholische Kirche als eine wirkliche
Knechtungsanstalt darzustellen, und so weit es an ihnen
liegt, sie auch praktisch als solche geltend zu machen; —
den Ersteren natürlich nicht anders als erwünscht, denn
nun haben sie, wie ihnen scheint, authentische Bestätigung
dessen, was zuerst nur als fanatische Verdächtigung sich
darstellen konnte. Nicht zu verwundern ist es, wenn der
Katholicismus den Gegnern so erscheint; haben es doch
die blinden Eiferer für unbedingte, einzige Geltung der
Auctorität und gegen die Freiheit (das Recht) der Wissen=
schaft dahin gebracht, daß innerhalb der katholischen Kirche
selbst Viele, ja wohl die Meisten, sowohl Kleriker als

Laien, im Ernste meinen, freie Wissenschaft sey durchaus mit dem Katholicismus unvereinbar, die Wissenschaft, die Philosophie insbesondere könne da durchaus nur im Verhältniß der Dienstbarkeit stehen. Dieß kann natürlich nur entmuthigend auf die strebsamen Geister wirken, kann natürlich nur die Begeisterung, die so nothwendig ist für das Gedeihen der Wissenschaft, hindern oder vertilgen und der Geistesträgheit willkommene Rechtfertigung bieten, da nun offenbar das Klügste und Beste ist, sich nicht den Anstrengungen der wissenschaftlichen Forschung zu unterziehen, weil doch nichts dabei heraus komme und man nicht unnöthig den damit verbundenen Gefahren sich aussetzen solle. Nur geistige Schwunglosigkeit und Erlahmung kann selbstständlich hievon die Folge seyn, die dann wiederum als factischer Beweis gilt, daß Wissenschaft und Katholicismus sich gegenseitig befeinden und vernichten.

Allerdings läßt es sich nicht verhehlen, daß schon durch ein leichtes Räsonnement die Unvereinbarkeit des Katholicismus und der freien Wissenschaft sich klärlich darthun läßt — wenigstens für die Oberflächlichkeit und geistige Bequemlichkeit. Denn wie! ist nicht die Auctorität in der katholischen Kirche unbedingt, absolut? Kann da noch innerhalb derselben Peripherie ein zweites Unbedingtes, die freie Wissenschaft bestehen? Unmöglich! So sicher nicht, als Feuer und Wasser als Gegensätze nicht miteinander bestehen können, sondern eines das andere aufhebt. Man sieht, das ist klar genug. Allein Bedenken gegen die Richtigkeit dieses Räsonnement's könnte es doch schon erregen, daß die scheinbar und für die gewöhnliche Erfahrung so schroffen Gegensätze von Feuer und Wasser, beide zugleich nothwendig sind, daß die

Natur in ihren Bildungen blühe und gedeihe! Könnten
nun nicht die beiden, scheinbar so unversöhnlichen, sich
aufhebenden Gegensätze von unbedingter Auctorität und
freier Wissenschaft gleich nothwendig seyn für das Gedeihen des geschichtlichen Lebens und der Vervollkommnung der Menschheit? Zudem sind jene Gegensätze von
Feuer und Wasser so schroff und unversöhnlich nur für
die gewöhnliche Erscheinung und die oberflächliche Beob-
achtung. Der tiefer blickende, der Erkenntniß theilhaftige
Naturforscher weiß recht gut, wie es sich damit verhält;
daß nämlich der Gegensatz nicht so schroff und unversöhnlich ist, sondern daß sogar in der geheimen Werk-
stätte der Natur, so zu sagen hinter den Coulissen des
gewöhnlichen, erscheinenden Schauplatzes, beides sich gegenseitig bedingt, ja eines durch das andere zur Actualität
kommt. Daß es sich ähnlich verhalten kann mit der
Auctorität und der Freiheit der Wissenschaft, sollte man
wenigstens nicht von vorneherein und ohne genügende
Untersuchung läugnen. Diese soll im Folgenden für den
als unberechtigt angesehenen Theil, für die Wissenschaft
nämlich, geführt werden.

Mir scheint damit der Auctorität ebenso wie der
Wissenschaft innerhalb der katholischen Kirche ein Dienst
erwiesen zu werden. Jener, weil dadurch der Beweis
geführt wird, daß es nicht im Wesen, im Geiste der
katholischen Kirche liege, eine Anstalt zur Knechtung des
Geistes und zur Hemmung der Wissenschaft und der geistigen Entwicklung zu seyn, und daß die Beschuldigungen
in dieser Beziehung, was das Wesen der Sache betrifft,
unberechtigt seyen; dieser, insofern ihr das so oft durch
unverständigen, manchmal gutgemeinten, manchmal auch

giftigen Eifer geschmälerte Recht der Forschung, d. h.
eben die Freiheit vindicirt, und die so weit verbreitete
Furcht und Zaghaftigkeit in dieser Beziehung als grundlos und unberechtigt dargethan wird, um Muth und
Vertrauen zu wissenschaftlichem Streben wieder zu erwecken. Wenn gleichwohl die redliche und vorurtheils-
lose strenge Untersuchung in dieser Beziehung wenig Dank
erringen dürfte, so kann dieß kein Grund seyn, sie zu
unterlassen, denn die ernste Wissenschaft geht nicht auf
Dank und Beifall aus, und kann sich nicht bestimmen
lassen durch das Geschrei von Partheien, die nicht Vernunft und Gründe beachten, sondern oft einzig von Par-
theizwecken sich bestimmen lassen. Wer sich die Mühe
nehmen will, den folgenden Untersuchungen gehörige Aufmerksamkeit und Ueberlegung zu widmen, für den ist es,
glaube ich, zur Evidenz dargethan, daß durch Versagung
der Freiheit der Wissenschaft, nicht blos diese selbst ent-
würdigt und im Grunde aufgehoben, [1] sondern auch die
Auctorität selbst entwerthet, um vernünftige Anerkennung
und Geltung gebracht und zu blos äußerlicher Gewalt-
herrschaft erniedrigt wird. Wem darum das Christen-

---

[1] Neuestens ist von Professor v. Kuhn, dem ausgezeichneten
katholischen Dogmatiker in Tübingen, die Selbstständigkeit der
Philosophie ausdrücklich als Lebensbedingung derselben anerkannt
und vertheidigt worden (S. dessen „Katholische Dogmatik"
2. A. I. B. S. 252 ff. und „Philosophie und Theologie"
Streitschrift, 1860) gegen den Professor der Philosophie in
Münster H. Dr. Clemens, der ihre Dienstbarkeit behauptet
und die Unterwerfung derselben unter die Theologie sogar
zum „Grundprincip" und „Eckstein" der (katholischen) Philosophie machen will.

thum, die Auctorität und die wirklichen Glaubenssätze
der katholischen Kirche mehr werth sind, als der Zaun
theologischer Methoden, Conclusionen und Schulmeinungen, mit dem man jene umflochten hat, um sie zu
schützen — der wird mir Zustimmung schwerlich versagen können. Solche Befestigungen helfen dem Christenthume gegen seine Gegner in unsern Tagen so wenig, als
die mittelalterlichen Burgen und Festungen gegen die
modernen Mittel der Kriegführung. Sie hemmen nur die
freie, kräftige Entwicklung des Geistes und der Wissenschaft, während sie keinen Schutz und keine Stärke verleihen; und sie vermögen die Auctorität nicht zu schützen,
sondern gefährden sie vielmehr, indem sie sich durch dieselbe zu decken oder geradezu mit ihr zu identificiren
suchen und dadurch ihre Schwächen und Gebrechen als
der Auctorität selbst anhaftend erscheinen lassen. In
unsern Verhältnissen gilt vielmehr, daß, je dringender man
von der Philosophie wünscht und verlangt, daß sie der
Wahrheit und der Auctorität Dienste leiste, um so mehr
man ihr auch ungeschmälerte Selbstständigkeit gewähren
muß, da sie ohne diese kein Vertrauen und keine Achtung
genießt und daher auch für keine Sache eine Stütze seyn
oder ihr Dienste leisten kann.

Noch muß ich gegen eine mögliche Mißdeutung sogleich hier eine Verwahrung einlegen. Man möchte vielleicht — in Ermanglung von Gründen zur Widerlegung
zu Beschuldigungen greifend — die Behauptung aufstellen, daß mit dieser Schrift nunmehr die in politischer
Beziehung bedrängte Lage des hl. Stuhles benützt werde
zur Aufregung und zur Opposition auch gegen die kirchliche Macht und Auctorität. Solche Beschuldigung

müßte ich auf das Entschiedenste als eine gänzlich unbegründete und ungerechte zurückweisen. Die in Frage
stehende Angelegenheit hat nicht die mindeste Beziehung
zu den politischen Verhältnissen im Kirchenstaate. Thatsächlich hat dieß insbesondere die Congregatio Indicis
selbst bezeugt, indem sie noch jüngst, mitten in den politischen Wirren, Denunciationen wissenschaftlicher Werke
annahm und gegen dieselben in üblicher Weise verfuhr.
Auch werden die Grundsätze, welche gegenwärtige Schrift
vertheidigt, nicht erst jetzt aufgestellt, sondern sie finden
sich schon der Hauptsache nach in des Verfassers „Einleitung in die Philosophie" (1858), und finden hier nur
ihre weitere Begründung und Ausführung. Ueberhaupt
ist hiemit gar kein Angriff auf die Auctorität und ihre
Berechtigung beabsichtigt. Diese wird vielmehr allenthalben
als selbstverständlich anerkannt und geltend vorausgesetzt.
Die ganze Untersuchung hat vielmehr wesentlich einen
defensiven Charakter und ist nur ein Act der Nothwehr für das Recht und das Bestehen der wissenschaftlichen Forschung. Sicher kann es doch nicht als ein Act
der Opposition oder des Aufruhrs bezeichnet werden,
wenn man (wie es im dritten Abschnitte „Unsere Lage"
geschieht) gesetzliche Ordnung und Geltung bestehender Verordnungen verlangt; wenn man die
Forderung stellt, daß, wenn denn durchaus auch streng
wissenschaftliche Werke kirchlich censurirt werden sollen —
was meines Erachtens unter unsern Verhältnissen vergeblich und nutzlos ist — dieß wenigstens in gesetzlicher,
bekannter Form, nach bestimmten, zu beobachtenden Normen geschehe, die wie zur Verurtheilung, so andererseits
auch zum Schutze der wissenschaftlichen Werke und ihrer

Urheber dienen können. Und es wird wahrhaftig nicht
unbillig seyn, zu verlangen, daß die katholischen Forscher
nicht ferner zum Lohne für ihre Anstrengungen, obscuren
Denuncianten zum Spielball dienen, gegen deren An-
klagen und Verdächtigungen ihnen kein Schutz und keine
Vertheidigung gestattet ist, und schon deßhalb nicht möglich ist, weil sie Kunde davon häufig erst mit ihrer
Verurtheilung erfahren. Es wird noch nicht so weit
gekommen seyn, daß wir nicht einmal mehr Beschwerde
und Klage führen dürften über Mißstände, welche zum
Nachtheil der Wissenschaft bestehen, und darüber insbesondere, daß bestehende Verordnungen, die einigen Schutz
gewähren könnten, nicht beobachtet werden. Wir werden
noch wünschen dürfen, daß ein Zustand aufhöre, in welchem den wissenschaftlichen Forschern gegenüber so viel
Willkür und Zufall herrscht, daß — wie es noch neuestens vorkam — die einen Autoren gleichsam das Privilegium haben, zu schreiben, was sie wollen, ohne von
den Denuncianten oder wenigstens der entsprechenden kirchlichen Institution irgend eine Anfechtung zu erleiden,
während andere, welche das Unglück haben von syko-
phantischer Leidenschaft angefeindet und verfolgt zu werden, für jede kleine — ich weiß nicht welche — Abweichung von herkömmlichen Schulmeinungen, der Verdächtigung und Verurtheilung ausgesetzt sind. Diese
Mißstände hervorzuheben und auf Abstellung derselben
zu bringen, kann kein Angriff auf die Auctorität seyn;
durch sie vielmehr und durch ihre Fortdauer wird die
Auctorität angegriffen, durch ihre Hebung dagegen gestärkt
und befestigt — schon dadurch, daß damit eine Quelle
von Verunglimpfungen und Beschuldigungen von Seite

der Gegner, und von Mißtrauen und Erbitterung von Seite der Freunde der Kirche versiegen muß. Und ich denke, die Verhältnisse sind jetzt dazu angethan, daß nichts unbeachtet und unberücksichtigt bleibe, was das Ansehen der kirchlichen Auctorität, die Achtung und das Vertrauen gegen sie heben und stärken kann, und daß Alles beseitigt werde, was unnützer, ja unberechtigter Weise ihren Freunden Kränkung bereitet und Verstimmung gegen sie erzeugt. Nicht minder ist es im Interesse der Wissenschaft dringend geboten, daß in unsere Situation endlich Klarheit komme und Entscheidung, wenn sie nicht bei uns um alles Vertrauen kommen und gänzlich in Verfall gerathen soll. Aufschub in dieser Beziehung ist unstatthaft, da die Feinde der selbstständigen, unabhängigen Philosophie auch ihre Provocationen und Verdächtigungen gegen dieselbe nicht einstellen, und sich für die Einführung ihrer dienstbaren Philosophie bedeutender Protectionen erfreuen, so daß sie ihr Ziel, alle freie Wissenschaft zu hemmen und zu knechten, mehr und mehr zu erreichen drohen.

München, im Januar 1861.

Der Verfasser.

I.

Recht und Freiheit der wissenschaftlichen Forschung im Allgemeinen.

———

Unter wissenschaftlicher Forschung versteht man das Streben das Existirende, die Dinge und Ereignisse nach ihrem Seyn und Wirken, in ihrem Zusammenhang und ihrem Verhältniß zu einander in das Bewußtseyn, in Vorstellung und Denken aufzunehmen, um sie in demselben zu bewahren oder wieder in dasselbe zurückrufen zu können, und zwar so wie sie wirklich sind in ihrem Seyn, Wirken und Verhalten. Ganz subjectiv, ohne Beachtung des Zieles gefaßt, ist dieses wissenschaftliche Streben nichts Anders, als der angemessene Gebrauch der äußern und innern Organe des Erkenntnißvermögens des menschlichen Geistes.

Die wissenschaftliche Forschung geht also dahin, was ist und geschieht, wie es ist und geschieht und woher und wozu es ist und geschieht, das Seyn und das sachliche und ursächliche Verhalten und Wirken der Dinge zum Bewußtseyn, zur Erkenntniß zu bringen. Dieß gilt ebenso von der Natur, der innern und äußern, wie von der Geschichte mit ihren äußerlichen Thatsachen und ihrem innern Gehalte in Religion und Sitte, in Recht und Kunst.

Mit dem bloßen Aufnehmen in das Bewußtseyn, in Vorstellung und Denken, begnügt sich aber menschliche Forschung und Erkenntniß nicht, sondern es handelt sich stets auch um ein bestimmtes Urtheil über Bedeutung und (idealen) Werth des Thatsächlichen, wie weit und in wie fern nämlich dieses in seiner Art und Eigenthümlichkeit der Idee der Vollkommenheit entspreche oder nicht. Eine Beurtheilung und Erkenntniß, welche die Wahrheit im Sinne von Idealität oder Vollkommenheit zum Resultat und Inhalte hat, während die Erforschung des Seyns und Geschehens überhaupt, ohne Rücksicht auf höheren Werth desselben, Wahrheit im Sinne von Wirklichkeit oder Thatsäch=lichkeit erzielt.[1])

Die Erkenntniß dieser beiden Arten von Wahrheit wird aber selbst wieder auf zweifache Weise errungen; entweder näm=lich u n m i t t e l b a r durch die äußeren Sinne, durch die innere Er=fahrung und durch die Bethätigung der Vernunft, als des Ver=mögens unmittelbarer idealer Erkenntniß; oder m i t t e l b a r, indem durch logische Operation des Verstandes auf Grundlage bestimmter unmittelbarer Erfahrung oder fester, unmittelbar gewisser Grund=Axiome oder Wahrheiten am Faden der logischen Denknoth=wendigkeit, — durch Schlußfolgerungen neue Bestimmungen oder Wahrheiten gewonnen werden.

Die V o l l k o m m e n h e i t der wissenschaftlichen Erkenntniß ist bedingt in Bezug auf die Form durch Gewißheit und Klarheit, durch Fülle und Ueberzeugung, in Bezug auf Inhalt durch Wahr=heit desselben. Beide Momente der Vollkommenheit der Er=kenntniß sind selbst wieder abhängig von der Zuverläßigkeit und dem richtigen Gebrauch der Erkenntnißorgane, der Sinne und innern Wahrnehmung sowie der Gesetze und Functionen des

---

[1]) S. das Nähere hierüber in meinem Werke: E i n l e i t u n g i n d i e P h i =l o s o p h i e u n d G r u n d r i ß d e r M e t a p h y s i k (München 1858) S. 16 ff.

Denkens. Die Gewißheit selbst schließt das Moment der Gründlichkeit in sich, d. h. fordert die Zurückführung der Annahme auf
letzte, unmittelbar gewisse und klare Erkenntnißgründe, bestehen
diese in der sicheren Gewähr der Sinne oder in untrübbarer
und unwiderlegbarer Verstandes=Evidenz. Damit ist zugleich
die Klarheit gegeben, da durch die Ableitung aus solchen Gründen oder die Zurückführung auf dieselben, sowie durch die Zer-
legung des Inhaltes der Erkenntniß in die einzelnen Momente,
und die Bestimmung des Verhältnisses zu anderen sicheren und klaren
Wahrheiten dieselbe erzielt wird. Gewißheit kann übrigens allerdings
auch der Glaube, das Glauben, das Annehmen oder Fürwahrhalten auf Zeugniß und Auctorität hin gewähren; aber nur dann,
wenn die Auctorität, der geglaubt wird durch sichere Kriterien
als glaubwürdig geprüft und erkannt ist; — wie wir denn den
größten Theil des Inhalts unseres Bewußtseyns und Erkenntniß auf diese Weise gewinnen, z. B. die historischen Kenntnisse
ohne eigene Erfahrung der Ereignisse durch Geschichtschreiber,
die geographischen durch Reisende. Gewißheit allein aber, ohne
Klarheit und Begründung, gibt dem Geiste noch keine Vollkommenheit; denn solche subjective Gewißheit ist auch Fanatikern
jeder Art, und den mit firen Ideen Behafteten eigenthümlich,
ohne daß sie dem geistigen Zustande dieser eine Vollkommenheit
verleihen könnte. Jede Gewißheit muß streben nach Vervollkommnung der Erkenntniß und die Bereitwilligkeit dazu in sich
schließen, um menschliche Schwäche und Unvollkommenheit auch
in dieser Beziehung zu überwinden. Und es ist daher keine
Vollkommenheit, wenn ein Mensch oder ein Volk sich der Meinung hingibt den höchsten Grad der Vollkommenheit in der Erkenntniß schon errungen zu haben, so daß ein Fortschritt, eine
Verbesserung nicht mehr als nothwendig oder möglich erscheint.
Den letzten Grund aber aller Gewißheit und sicheren Erkennt-

niß der Wahrheit bildet die Selbstgewißheit und das Vertrauen auf die Wahrhaftigkeit der menschlichen Natur mit ihren Erkenntniß- organen — in Verbindung mit der Controle des allgemeinen mensch- lichen Bewußtseyns in Bezug auf Sinnes- und Denkthätigkeit. Denn auch jene Wissenschaften, die, wie die Naturwissenschaf- ten, objective Kriterien der Erkenntniß anwenden können, kommen doch nur durch subjective Erkenntnißthätigkeit zu Stande und beruhen daher in ihrer Geltung und Zuverläßigkeit wesentlich auf der Zuverläßigkeit die menschlichen Erkenntnißorgane. — Darin besteht also Wesen und Vollkommenheit menschlicher Er- kenntniß, welche die wissenschaftliche Forschung zum Ziele hat, und deren Bedeutung für das menschliche Daseyn — abgesehen von der subjectiven Befriedigung, die sie dem Einzelnen ge- währt — hauptsächlich darin besteht, daß durch ihre Vervoll- kommnung, durch ihren Fortschritt die Natur immer mehr er- kannt und beherrscht, und das historische Leben der Menschheit in leiblicher wie geistiger Beziehung immer mehr vervollkomm- net, veredelt werde.[1]

2. Nach diesen Bestimmungen über die wissenschaftliche Forschung ist nun auch das Wesen der freien Forschung zu erkennen. Im Allgemeinen besteht die freie Forschung in nichts Anderem als in dem ungehinderten Anstreben des höchsten Zie- les aller Erkenntnißthätigkeit, nämlich der gründlichen Gewißheit und klaren Wahrheit in der oben angegebenen Bedeutung; und ebenso in dem ungehinderten, angemessenen Gebrauch der Erkenntniß- Organe der menschlichen Natur und der Gesetze derselben, um jenes Ziel der Erkenntnißthätigkeit und wissenschaftlichen Forsch- ung zu erreichen. Die Freiheit der Wissenschaft besteht also

---

[1] Vgl. hierüber meine Schrift: „Ueber die Aufgabe der Natur- philosophie und ihr Verhältniß zur Naturwissenschaft." (München 1861) S. 94 ff.

in nichts Anderem als in dem Rechte, die Wahrheit durch
Anwendung der angemessenen Mittel und Wege der Erkenntnißthätigkeit zu erforschen, zur Gewißheit und Klarheit zu
bringen, und die menschliche Natur mit ihren Erkenntnißorganen
und Gesetzen als eine wahrhaftige geltend zu machen. Gemäß
der Freiheit muß es der wissenschaftlichen Forschung gestattet
seyn, das Seyende als seyend, das Nichtseyende als nichtseyend
zu behaupten; oder das durch die Sinne Wahrgenommene als
wahrgenommen, das Nichtwahrgenommene als nicht wahrgenommen anzuerkennen; ebenso den logischen Grundgesetzen gemäß muß das Uebereinstimmende als übereinstimmend, das
Widersprechende als widersprechend geltend gemacht werden;
nicht minder ist das in strenger, denknothwendiger Consequenz
als Ursache oder Wirkung sich Ergebende als sichere Schlußfolgerung geltend zu machen, und das Begründete ist als begründet das Unbegründete als unbegründet zu betrachten und
zu bezeichnen. Dasselbe gilt bei der Erforschung der idealen
Wahrheit. Der Wissenschaft muß das Recht (die Freiheit) zu-
stehen, nur nach wissenschaftlichen Grundsätzen und Mitteln,
ohne anderweitige Rücksichten, das Gute als gut, das Böse als
böse zu behaupten; sie darf sich nicht verleiten oder zwingen
lassen, das, was sich ihren Erkenntnißmitteln zufolge als gut
ergibt, als böse zu bezeichnen und umgekehrt. Die Freiheit der
Wissenschaft besteht also darin, daß keine Gewalt oder Willkür,
daß nicht Vorurtheile oder Leidenschaften, oder überhaupt der
Wissenschaft fremde Interessen oder Rücksichten auf ihre Bestimmungen Einfluß üben dürfen, sondern diese einzig durch die
normalen Thätigkeiten und Gesetze des menschlichen Erkenntnißvermögens selbst erfolgen müssen.

Die Freiheit der wissenschaftlichen Forschung besteht demnach nicht darin, daß etwa willkürlich oder beliebig Meinungen

und Ansichten angenommen und aufgegeben oder gewechselt wer=
den. Das wäre eine kindische oder barbarische Freiheit, da nur
Kinder oder Barbaren sich in der Bildung ihrer Ansichten nicht
von bestimmten Grundsätzen und Gesetzen, sondern von Ein=
fällen und zufälligen Regungen leiten lassen. Durch solche Will=
kür ginge die wahre Wissenschaft unter, die Wahrheit würde nicht
gewonnen oder sogar wieder verloren; und Verstand und Un=
verstand, höchste Vernunft und Thorheit erhielten gleiche Be=
deutung, da es sich nur um lauter Einfälle und Produkte der
Willkür handelte. Gerade hiegegen hat die Wissenschaft stets
strenge Kritik zu üben und zu wachen, daß nicht subjectives
Belieben an die Stelle der objectiven Freiheit oder des Rech=
tes, nicht Zufall an die Stelle des gesetzlichen Verlaufes der
Erkenntnißthätigkeit treten könne. — Selbst das persönliche
Recht, eine Meinung oder Ueberzeugung zu haben und sie zu
äußern, kann als solches, als blos persönliches Recht keine Gel=
tung ansprechen in der Wissenschaft, sondern nur die die erkennende
Menschennatur constituirenden Erkenntnißorgane und Gesetze
haben das Recht sich geltend zu machen, der Freiheit der Wissen=
schaft gemäß; und zwar selbst wiederum nur so sich geltend zu
machen, wie sie vom Erkenntnißgegenstand bestimmt werden.
Daher fordert die Freiheit der Wissenschaft selbst die Abweisung
jener unbedingten Voraussetzungslosigkeit, welche die à priori
construirende Philosophie annehmen zu müssen geglaubt hat;
denn gerade diese Voraussetzungslosigkeit, die in einem Absehen
von der Sache selbst, um die es sich bei dem Erkennen handelt,
besteht, würde wieder der Willkür Spielraum geben. Die
wahre Wissenschaft darf sich vielmehr gerade um der Freiheit
und Unbefangenheit willen nur vom Erkenntnißobjecte selbst
bestimmen lassen. Und es ist eine wunderliche (aber freilich
nach Kant und Fichte erklärliche) Ansicht Hegels, wenn er

meint die mittelalterliche Wissenschaft sey dadurch unfrei gewesen, daß sie ein bestimmtes Erkenntnißobject vor sich hatte, über das sie reflectirte und von dem sie sich bestimmen ließ, — als wäre es eine Beeinträchtigung der Freiheit der Wissenschaft, wenn sie sich von ihrem Gegenstande bestimmen läßt, und als wäre dieß nicht vielmehr nothwendig, wenn die Wissenschaft ihr Ziel, die Wahrheit, d. h. die Auffassung des Erkenntnißobjectes so wie es wirklich ist in seinem Seyn und seiner Vollkommenheit, erreichen will! Da doch ohne dieß, bei jener sogenannten gänzlichen Voraussetzungslosigkeit und jenem Beginnen mit Nichts, vielmehr eine bestimmte Ansicht, als Vorurtheil, schon festzustehen pflegt, und zugleich der subjectiven Willkür und Phantasiethätigkeit aller Spielraum gewährt ist, so daß die Wissenschaft gerade auf diese Weise um ihr Recht kommt und dadurch auch um ihre wahre Freiheit d. h. um die Möglichkeit, die wissenschaftlichen Bestimmungen einzig nur aus der Thätigkeit der entsprechenden Erkenntnißorgane in ihrem Zusammenwirken mit dem Erkenntnißobjecte hervorgehen zu lassen. Selbst bei der Erkenntniß der idealen Wahrheit, deren Kriterium oder Erkenntnißprincip allerdings die menschliche Vernunft mit ihrem immanenten Gehalte selber ist, muß dennoch das Urtheil bestimmt werden (zugleich) durch die Beschaffenheit des beurtheilten Objectes.

Frei forschen heißt demnach ohne Zwang, ohne Leidenschaft, ohne Willkür und ohne Vorurtheil das Erkenntnißobject in seiner Beschaffenheit so auffassen und beurtheilen, wie es wirklich ist; und heißt, ohne andere Rücksicht, als die der Wahrheit die Gründe für und wider eine bestehende Auffassung desselben geltend machen. Daß die Erkenntnißthätigkeit und das Urtheil über das Object Bestimmende darf hiebei einzig dieses selbst und dessen Beschaffenheit seyn, welche geprüft und beurtheilt werden muß am Maaßstabe schon ganz gewisser und klarer Grundwahrheiten, die selbst über subjective Willkür erhaben sind. Dieß ist das Ziel, dem die Wissenschaft zustrebt und wodurch sie die Freiheit bewähren und realisiren will. Sie ist so wenig blos subjectiv, daß sie vielmehr einen ganz objec= tiven Charakter als ihre Haupteigenthümlichkeit und ihren Vorzug betrachtet und anstrebt, — indem sie dahin trachtet, immer mehr nur das Thatsächliche in seiner wirklichen Objectivität und Beschaffenheit richtig aufzufassen, und das Urtheil darüber nur nach sicheren, selbst evidenten und über subjective Meinung und Willkür erhabenen Grundsätzen, Axiomen und Principien zu fällen, und zugleich bei dieser Denkthätigkeit einzig die sou= veränen logischen Gesetze walten zu lassen. Man kann daher auch sagen: die Freiheit der Wissenschaft besteht darin, ohne Hinderniß — der Nothwendigkeit zu folgen, die bestimmt und gegeben ist durch das Erkenntnißobject, durch die Grund= sätze, aus welchen, und die Denkgesetze, mittelst welcher er= kannt wird. Sie besteht also in dem ungehinderten Geltend= machen des Rechtes, das und so zu denken, wie man im ge= gebenen Falle denken muß, wenn man richtig denken und er= kennen soll. [1]

3. Wenn nun dem Bemerkten zufolge die Freiheit der Wissenschaft in dem Rechte besteht, in der Weise ihrem Ziele, der Erkenntniß der Wahrheit zuzustreben, wie es nothwendig ist, wenn sie dasselbe wirklich erreichen, oder sich ihm wenig= stens mehr und mehr annähern soll, so versteht sich die Be=

---

[1] Freie Forschung besteht demnach nicht darin, daß der freie Wille bestim= mend einwirkt, sondern darin, daß nur das Object einerseits und das Princip und die Gesetzlichkeit des Erkennens andererseits zur Geltung kommt.

rechtigung dieser Freiheit sogleich von selbst; und zwar in eben dem Grade, als die Wissenschaft selbst d. h. das Streben nach Erkenntniß der Wahrheit berechtigt ist, weil diese Freiheit ein wesentliches Moment, ja die Grundbedingung dazu ist. Und die Wissenschaft selbst ist in der That berechtigt, so gewiß als die Wahrheit ein Recht hat, erkannt zu werden, da sie nur für den Erkennenden als solche erscheint, und ihre Bedeutung gewinnt; und so gewiß wiederum die menschliche Natur mit ihren Erkenntnißorganen und ihrem Wissens- und Wahrheitsdrange ein Recht hat sich in der Weise zu bethätigen, wie es ihr naturgemäß ist, und den Drang zu befriedigen, der zu den höchsten, edelsten der angeborenen Bedürfnisse und Strebungen gehört. Demnach ist auch die Freiheit der Wissenschaft gefordert ebenso von der Wahrheit, der die Möglichkeit gestattet seyn muß, erkannt zu werden, als von der in ihrer Wahrhaftigkeit sich zur Geltung bringenden Menschennatur, die wie die Pflicht, so die Befugniß haben muß, sich angemessen, ohne gewaltsame oder trügerische Hemmung, auch in Bezug auf das Erkennen auszubilden und dadurch zu vervollkommnen. Die Kraft und der Drang zur Erkenntniß sind zu ungehemmter Bethätigung berechtigt, die logischen Gesetze sind es und das Ziel dieser Thätigkeit, die Wahrheit; die Sinnesthätigkeiten müssen sich als das geltend machen, was sie sind, sie gehören zum Naturrecht des Menschen, und nicht minder die unmittelbare Verstandesevidenz, auf deren Grundlage durch Schlußfolgerung weitere, vermittelte Erkenntnisse gewonnen werden. Durch all' dieß ist sowohl die wirkliche Aneignung, Anerkennung und der Besitz der Wahrheit bedingt, als auch die Möglichkeit des Fortschrittes in der Erkenntniß derselben, in der Erweiterung ihrer Fülle und Erhöhung ihrer Klarheit. Denn wenn auch der Besitz der Wahrheit der eigentliche Zweck der menschlichen Erkenntnißkraft ist, so ist doch um der menschlichen Entwicklungsbedürftigkeit wie= Fähigkeit willen ein fortwähren= des Streben noch Wahrheit geboten. Wollte man nun das fragliche Recht, worin die Freiheit der Wissenschaft besteht, nicht gestatten, so könnte nichts anders die Folge seyn, als gänzliche Corrumpirung der Menschennatur mit ihren edelsten Kräften, da sie nicht naturgemäß gebraucht werden dürften; und gänz= liche Mißkennung oder Unbekanntbleiben der Wahrheit, da nicht mehr sie das einzig bestimmende Ziel des Denkens und Forschens seyn dürfte. Ohne Freiheit kein wirkliches Erkennen, keine Wissen= schaft und keine Wahrheit!

Dieß Alles muß wohl unbedingt zugegeben werden, und dürfte auch kaum ernstlich bestritten werden. Allein es wird die Einwendung dagegen bereit seyn, daß hiebei die Wissenschaft nur ganz abstract, objectiv und für sich isolirt betrachtet sey, also in objectiver, abstracter Idealität, wie sie in der Wirklich= keit und concret sich nicht finde. In der Wirklichkeit sey aber die Wissenschaft in vielfache Lebensverhältnisse verflochten, die bestimmend einwirken und Berücksichtigung erfahren müssen, so daß den Rechten und der Freiheit derselben von diesen Verhält= nissen, die selbst wieder Rechte in sich schließen, mannichfache Beschränkungen nicht erspart bleiben können. Insbesondere aber sey es ja die abstract und objectiv gefaßte und betrachtete Wissen= schaft nicht selbst, die sich realisire und ihre Freiheit oder ihr Recht geltend mache, sondern diese Wissenschaft müsse stets in ihren Trägern concret und subjectiv werden, und daher müssen auch ihre objectiven Rechte durch subjective Thätigkeit der ein= zelnen Forscher selbst zur Geltung kommen. Und dieß ändere nun die Sache; die unbeschränkten Rechte, die man der objectiv und in idealer Vollendung gedachten Wissenschaft allerdings zuzuerkennen habe, könnten nicht auch der in ihren Trägern subjectiv gewordenen Wissenschaft zukommen, und also nicht mehr von unbedingter Freiheit die Rede seyn.

Dagegen dürfte sogleich zu bemerken seyn, daß dieß nicht blos von der Wissenschaft, sondern auch von Gesetz, Auctorität und jeglicher Macht gilt, daß sie nicht in ihrem objectiven An= sichseyn zur Geltung kommen können, sondern nur indem sie subjectiv werden, d. h. durch die Thätigkeit ihrer Träger und Vollzieher. Wollte man also das Recht der Wissenschaft be= schränken, etwa durch Gesetz und Auctorität, weil es nur durch subjective Thätigkeit geltend gemacht werden, und daher unbe= dingte Geltung nicht in Anspruch nehmen könne, so könnte diese Beschränkung selbst wiederum nur durch subjective Thätigkeit des Trägers des Gesetzes oder der Auctorität geschehen, und diese das Recht der Wissenschaft beschränkende Thätigkeit litte dann selbst mehr oder weniger an der Schwäche, Unsicherheit oder Mißbräuchlichkeit, um derentwillen man die andere be= schränken wollte. Die subjectiv gewordene und thätige Aucto= rität könnte also das allenfallsige Uebel der subjectiv gewordenen Wissenschaft nicht heben; denn was gegen diese spricht, gilt auch gegen jene, und hinwiederum, was für das Recht der sub= jectiv gewordenen Auctorität spricht, das gilt auch für das Recht der subjectiv gewordenen Wissenschaft. Daraus folgt zu= gleich, daß, indem wir die Rechte und die Freiheit der Wissen= schaft ungeachtet ihrer Anwendung durch subjective Thätigkeit der Forscher vertheidigen, wir zugleich das Wort führen für die Geltung des Rechtes der Auctorität selbst, das auch nur zur Anwendung kommen kann durch subjective Träger. Um so weniger wird von dieser Seite eine principielle Opposition gegen unsere Aufstellungen statthaben können.

Richtig ist nun allerdings, daß Freiheit und Recht der Wissenschaft sich durch subjective Thätigkeit realisiren müssen;

allein diese ist darum, weil sie subjectiv ist, noch nicht willkürlich, sondern hat vielmehr bestimmte Gesetze zu befolgen und
nothwendige Bedingungen zu erfüllen, — erfolgt also nach Gesetzen und Grundsätzen, die selbst einen objectiven, das Subject
bestimmenden, beherrschenden Charakter haben. Wenn dennoch
die wissenschaftliche Operation nicht immer einen ganz objectiven Verlauf nimmt, sondern das Subject mit seiner sonstigen
Eigenthümlichkeit oder geistigen (subjectiven) Richtung einigen
Einfluß gewinnt, so darf dieß noch nicht als hinreichender
Grund betrachtet werden, der Wissenschaft deßwegen ihre Freiheit zu beschränken oder zu entziehen; denn geschähe dieß, so
wäre sie der Wissenschaft überhaupt entzogen, auch in ihrer objectiven Existenz, da diese sich nur begründen und erhalten kann
durch subjective Thätigkeit. Demnach wäre die Wissenschaft selbst
dadurch aufgehoben oder unmöglich gemacht und dadurch dem
Menschengeiste sein Naturrecht, und der Wahrheit ihre Geltung versagt. Und es träte damit das wieder ein, was oben bemerkt
wurde in Betreff der Corruption der menschlichen Natur und der Vernichtung der Wissenschaft durch Aufhebung der Freiheit derselben.

Gerade weil die Wissenschaft selbst nicht anders zur Existenz und Geltung kommen kann, als durch subjective Thätigkeit, darf sie um dieses subjectiven Momentes willen nicht ihrer
Freiheit d. h. ihres Rechtes beraubt werden, sey es ganz oder
theilweise, weil sie damit ihres Wesens und ihrer Existenz überhaupt
(objectiv gedacht) beraubt werden müßte, und die reine, unbefangene Erkenntniß der Wahrheit unmöglich würde. Mag es
immerhin seyn, daß durch die Subjectivität des Forschers die
reine Objectivität der Wissenschaft, und dadurch die richtige Erkenntniß der Wahrheit einigermassen getrübt werde, sie darf eben
deßhalb nur um so weniger in ihrem freien blos den Gesetzen der Wissenschaft, nicht anderen Einflüssen, folgenden Gange

gestört oder gehemmt werden, da sie gerade in diesem fortdauern-
den Weiterstreben (auch) darauf ausgeht, die Subjectivität immer
mehr zu überwinden, und einen rein objectiven Charakter zu
gewinnen. Nur durch wahrhaft freie Forschung kann das Subjective in ihr überwunden und allmählig ausgeschieden werden;
wovon ja insbesondere die Naturwissenschaft ein großartiges
Beispiel gewährt. Ist eine Beschränkung in dieser Beziehung
nothwendig, so kann sie nur von der Wissenschaft selbst ausgehen, von beständiger Selbstkritik in Betreff der Grundlagen,
der Methode und der Schlußfolgerungen. Einwirkungen und
Hemmungen von Außen, d. h. von nicht wissenschaftlichen Mächten, könnte am allerwenigsten die Mängel und den subjectiven
Charakter beseitigen, sondern würde im Gegentheil die Objectivität und Unbefangenheit der Forschung in Grundlage und Räsonnement nur beeinträchtigen und corrumpiren; oder sie würde
durch solche Mächte gerade im Fortschritte gehemmt und in
einem Stadium ihrer Entwicklung festgehalten, in dem sie noch
durch viele subjective Momente getrübt wäre, wie wiederum
die Naturwissenschaft hievon Zeugniß gibt. Darum ist auch der
Umstand von keinem entscheidenden Gewichte zur Rechtfertigung
einer Beschränkung oder Aufhebung der Freiheit der Wissenschaft,
der allenfalls noch geltend gemacht werden könnte: daß nämlich
der Mensch kein blos natürliches, und daher nur mit Natur-
Rechten und -Pflichten ausgestattetes Wesen sey, sondern ein
historisches, in seinen Ansichten und Grundsätzen auf Erziehung,
auf Bildung durch Andere angewiesen, die selbst wieder im geistigen Grund und Boden einer geschichtlich gewordenen Welt-
auffassung zu ihrer Entwicklung und ihren Grundanschauungen
gekommen sind; so daß ihre Grundsätze und Ansichten als
historisches Traditionsgut der Menschheit oder seines Volkes,
seiner Religion ihm gegenüber stehen, denen er Anerkennung und

Ad rung schuldig ist; geistige Güter, die darum auch durch Ge=
setz und Auctorität gegen jede Beeinträchtigung gesichert seyn
müssen. — Wir sprechen diesem Räsonnement nicht alle Be=
rechtigung und Bedeutung ab, aber wir können daraus nur
die Folgerung gelten lassen, daß hienach die Auctorität auch
berechtigt sey, und nothwendig zur Geltung gebracht werden
müsse zur Förderung der Menschheit — was nicht nöthig seyn
würde, wenn der Mensch einzig nur ein Naturwesen wäre
(wie die Thiere). Aber es folgt nicht, daß sie allein Berech=
tigung habe, und die Wissenschaft durch sie ihr Recht und ihre
Freiheit verlieren müsse; vielmehr folgt gerade aus diesem histo=
rischen Charakter der Menschennatur auch das Recht unbefan=
gener, freier Forschung, weil diese der historische Fortschritt, die
beständig anzustrebende Vervollkommnung der Menschheit fordert,
der gerade für das historische Wesen des Menschen wie mög=
lich, so nothwendig ist, und also auch ein Recht begründet.
Die historisch errungenen Güter der menschlichen Gesellschaft
werden dadurch nicht verloren, sondern nur beständig belebt
und vermehrt, und die Menschheit wird dadurch vielmehr vor
jener Stagnation und jenem geistigen Verkommen bewahrt, welche
von der Aufhebung der freien Forschung und von der damit
verbundenen Hemmung alles geistigen Fortschrittes die Folge
seyn würde. Doch damit ist nun der Punkt berührt, der die
meisten Bedenken gegen die Freiheit der Wissenschaft zu erregen pflegt,
und dem wir daher noch nähere Untersuchungen widmen müssen.

Man fürchtet durch Gewährung der Freiheit in der wissen=
schaftlichen Forschung möchte das schon errungene Gut der Wahr=
heit gefährdet werden oder zu Grunde gehen, und darum müsse
sie im Namen der Wahrheit und des Rechtes sich Beschränkung
gefallen lassen. Allein wie wir sahen, geht die Wissenschaft,
mag sie als objective betrachtet werden, oder so wie sie subjectiv

geworden ist im einzelnen Forscher, immer auf Erkenntniß und Anerkennung der Wahrheit aus; das ist ihre Natur, ihre Pflicht, wie ihr Recht, und keine Aucterität kann es mit der Wahrheit ernster nehmen, und keine sie mit so angemessenen Mitteln bewahren und noch weniger vermehren, wie die Wissenschaft. Sie kann sie am meisten bewahren, weil sie es mit Mitteln thut, die aus der Natur der Sache genommen sind; mit Gründen nämlich, die Ueberzeugung wirken, und den Geist zur Anerkennung so zu sagen nöthigen, da es nicht in der Natur des Menschen gelegen ist, willkürlich die wirklich beweisenden Gründe als nicht beweisend zu betrachten, — wenn er ihnen vielleicht auch äußerlich Anerkennung versagen sollte. Durch solche Begründung gewinnt die schon vorhandene Wahrheit an Vertrauen, Achtung und Anerkennung, während dieselbe durch Gesetze und Gewalt, die sie schützen und aufrecht erhalten sollten, leicht Mißtrauen und den Verdacht erregt, daß sie nur Product der Gewaltsamkeit und Willkür sey, und nur bestehe, weil sie durch äußerliche Mittel vor jeder Prüfung und jedem Angriff geschützt sey. Selbst also wenn die geltenden Ansichten und Grundsätze, die das geistige Gut eines Volkes bilden, wirklich die Wahrheit enthalten, ist unbefangene, freie Prüfung derselben zu gestatten, damit sie immer mehr begründet und bewährt erscheinen, und indem sie gleichsam stets neu errungen werden, nicht als todtes, unverstandenes Gut von Hand zu Hand gehen, sondern stets Gegenstand der Anstrengung, des Eifers, der Liebe bleiben. Enthalten aber bestehende und geltende Ansichten nur theilweise Wahrheit, oder gar keine, dann ist es ohnehin offenbar, daß eine stets erneute freie Prüfung nur förderlich wirken kann im Dienste der Wahrheit und des Rechtes[1]) gegen die Unwahrheit und das Unrecht.

---

1) Manche treffende Bemerkung hierüber findet sich in der Schrift:

Und wenn auch die Wissenschaft nicht unfehlbar ist, so kann ihr dieß den Anspruch auf Freiheit nicht rauben, sondern sie muß ihn nur um so mehr geltend machen, denn die möglichen Fehler oder Irrthümer kann die Wissenschaft nur selbst wieder erkennen und verbessern mit wissenschaftlichen Mitteln; nicht aber vermag dieß irgend eine andere Macht. Wäre sie in einer gegebenen Zeit unfehlbar in ihren Aufstellungen, dann würde sie ferner weniger Freiheit nöthig haben, da ihr Ziel erreicht wäre; im Bewußtseyn dagegen, daß sie nicht unfehlbar sey, ist sie zu stets erneuter Forschung aufgefordert und bedarf darum auch ungehemmter Freiheit derselben, um immer wieder ihre Grund=lagen und ihre Folgerungen daraus zu prüfen. Denn in der That hat sich nur zu oft schon gezeigt, daß die scheinbar aus=gemachtesten, selbstverständlichsten Wahrheiten sich der unver=drossenen Forschung doch endlich als unrichtig, als Irrthümer gezeigt. Dagegen bringen sich durch freie Forschung erkannte Wahrheiten endlich zur Geltung im Bewußtseyn der Menschen ohne Gesetz und Gewalt, selbst wenn sie gegen die scheinbar sicherste Gewähr der Sinne verstossen, wie dieß in der Astro=nomie bei dem Copernikanischen System gegenüber dem Ptole=mäischen der Fall ist. — Die mangelnde Unfehlbarkeit der Wissenschaft also kann nicht als genügender Grund gelten, sie ihrer Rechte, ihrer Freiheit im Interesse der Wahrheit zu be=rauben; es würde dadurch der Wahrheit kein Dienst erwiesen und die Wissenschaft dagegen in ihrem innersten Wesen ver=nichtet. Ja man kann sagen, freie, unbefangene wissenschaftliche Forschung kann, selbst wenn sie irrt, der Wahrheit und dem Fortschritte der Menschheit größere Dienste leisten, als eine durch Gewalt und Zwang beherrschte, geknechtete und corrum-

---

„Ueber die Freiheit von J. Stuart Mill." Uebers. von E. Pick=ford. (1860). S. 21 ff.

pirte, selbst wenn die Knechtung zu Gunsten der wirklichen
Wahrheit stattfände, da diese dadurch in der Livrée der
Dienstbarkeit erscheint und leicht als verdächtig mit Mißtrauen
betrachtet wird. Und oft wird gerade dadurch, daß Irrthümer
mit Geist und Kraft aufgestellt und vertheidigt werden, in der
redlichen Meinung, daß sie Wahrheit seyen, in das geistige Le=
ben neue Regsamkeit gebracht, so daß die Wahrheit aufhört
todtes, unverstandenes Gut zu seyn, zu tieferer Erkenntniß und
festerer Begründung kommt, und aus dem trägen, unfreien
Festhalten derselben eine lebendige, kräftige Ueberzeugung wird.
Denken wir uns die Ausübung des Rechtes stets erneuter
Forschung hinweg aus dem Leben der Menschheit, so würde
selbst die schon errungene Wahrheit alsbald in ihrem Werthe
und in ihrer Bedeutung nicht mehr gefühlt, nicht mehr verstanden
und gewürdigt werden können. Geistige Erlahmung und Ver=
sumpfung wäre die Folge, geistige Unfreiheit und Beschränktheit.
Denn wenn irgendwo, so gilt in diesem Gebiete, daß nothwen=
dig Rückschritt eintritt, wenn das Recht und die Möglichkeit
des Fortschrittes versagt wird, sey es aus niedriger Absicht oder
in der stolzen Meinung, daß man die Wahrheit schon vollstän=
dig und in absoluter Weise besitze, und daher eine Verbesserung
oder Vervollkommnung der Erkenntniß in dieser Beziehung nicht
mehr möglich oder nöthig sey.

Aber ist nicht die Wissenschaft, außerdem daß sie nicht an
sich unfehlbar ist, auch noch des Mißbrauches fähig, und muß
ihr nicht gerade deßwegen unbedingte Freiheit versagt bleiben,
da sonst durch den Mißbrauch derselben die größten, theuersten
Geistesgüter der Menschheit angegriffen und zerstört werden
könnten? Diese Einwendung hat allerdings viel Schein für
sich und ist auch nicht ohne Grund, denn allerdings ist die
Wissenschaft des Mißbrauches fähig, und kann durch diesen mög=

llcherweise die schon errungene Wahrheit gefährdet werden;
allein Aufhebung der Freiheit der Wissenschaft d. h. die Vernichtung der selbstständigen Wissenschaft rechtfertigt sie dennoch
nicht. Ist ja auch Gesetz und Auctorität selbst des Mißbrauches
fähig und oft genug schon mißbraucht worden, ohne daß man
deßhalb die Berechtigung und Existenz derselben in Frage stellen
dürfte! Zudem kann, wie über errungene Wahrheit, so über
wirklichen Mißbrauch der Wissenschaft, so weit er sich auf ihre
Corrumpirung bezieht, doch nur die Wissenschaft selbst wiederum
urtheilen, und schon deßhalb müßte sie doch wieder frei und
selbstständig seyn, um ein unbefangenes, richtiges Urtheil über
den (theoretischen) Mißbrauch abgeben zu können. Und wenn
auch richtig ist, und von der Wissenschaft selbst anerkannt werden
muß, daß schon errungener Besitz der Wahrheit durch freie
Forschung nicht gefährdet werden soll, so ist doch andererseits
auch wiederum anzuerkennen, daß das Streben, das zu erhalten, was man schon an Wahrheit besitzt, kein Hinderniß werden
dürfe für das Streben nach tieferem Verständniß und Begründung und nach Vermehrung derselben durch Entdeckung neuer Wahrheiten. Dieß würde aber der Fall seyn, wenn man den möglichen Mißbrauch als hinreichenden Grund für Beschränkung
ihrer Freiheit zur Geltung brächte. Während man für schon
errungene Güter kurzsichtige Sorge trüge, würde nicht blos der
Verlust noch zu erringender veranlaßt, sondern auch die fort-
schreitende Würdigung jener gehindert.

Und abgesehen von dem Verlust noch zu erreichender höch-
ster Güter würden dabei auch die besten, edelsten Kräfte der
Menschheit in ihrer Entwicklung und in ihrem Gebrauche gehemmt, gingen nutzlos zu Grunde, und die geschichtliche Entwicklung und Vervollkommnung der Menschheit wäre unmöglich. Der göttliche Schöpfer aber hat diese auf allmählige Ent-

wicklung und Vervollkommnung angelegt, im Großen und Gan=
zen, wie im Einzelnen, wie dieß factisch sich zeigt und jede
Kraft der Menschennatur beurkundet. Auf freie Thätigkeit also,
und daher auch möglichen Mißbrauch ist die Schöpfung der
Menschheit angelegt, und die Ueberklugheit der Menschen soll
nicht klüger seyn wollen, und nicht um des möglichen Schlech=
ten, Verkehrten willen auch das Gute, Vollkommene hemmen,
und Unkraut und Waizen miteinander ausrotten. Wäre möglicher
Mißbrauch ein genügender Grund der Hemmung der selbstständigen
Thätigkeit der Erkenntnißkraft, so müßte der Mensch auch in
sittlicher Beziehung durchaus gehemmt und durchaus gebunden
werden in seinem Thun, damit er nicht, seine Freiheit mißbrau=
chend, durch unmoralische Handlungen sich selbst und Andern
Schaden zufüge. Beschränkungen und Bindungen jeder Art
wären dann gerechtfertigt, und jedes selbstständige Handeln wäre
zu hemmen, damit kein Mißbrauch stattfinde. Ist aber hier
diese Consequenz nicht zuzugeben, dann auch nicht in Bezug
auf die Bethätigung der Erkenntnißkraft in der wissenschaftli=
chen Forschung. Schon daß nicht blos ehedem, sondern fort
und fort eigenthümliche Talente und Genie's für wissenschaft=
liche Forschung, wie für die Kunst geboren werden, zeigt an,
daß es im Willen des Schöpfers liege, daß in dieser Bezie=
hung durch stets neue Forschungen Fortschritt und Vervollkomm=
nung stattfinde. Und daher müssen die von Gottes Gnaden
so Begabten auch als ein natürliches Recht es beanspruchen,
ihre Gaben ohne Hinderniß nach den eigenen Gesetzen der Wis=
senschaft zur Erforschung der Wahrheit und zur Vervollkomm=
nung des Menschengeschlechtes anzuwenden. Wenn auch hiebei
manche herkömmliche Ansicht, manche als unumstößliche Wahr=
heit geltende Meinung erschüttert oder zerstört wird, ja viel=
leicht manche wirkliche Wahrheit eine Zeit lang Verkennung

2 *

ober einseitige Beurtheilung erfährt, schließlich wird dennoch, was wirklich wahr ist, als Wahrheit auch erkannt und aner= kannt werden in der Wissenschaft, und ebenso in der Ansicht der Menschen durchbringen und zur Geltung kommen für das allgemeine Bewußtseyn.

Und Wahrheiten, welche die wissenschaftliche Kritik bestan= den und wissenschaftliche Begründung erhalten haben, sind dann auch so befestigt und gesichert im Bewußtseyn der Menschheit, daß sie gar keines gesetzlichen Schutzes mehr bedürfen, weil je= der Angriff, den böser Wille oder Unverstand auf sie machen kann, ganz erfolglos bleiben wird, da weit eher der Angreifer sich bloßstellt und in Mißcredit fällt, als die angegriffene Wahr= heit erschüttert wird im Bewußtseyn der Menschen. So ist eine große Summe von Wahrheiten über alle Anfechtung er= haben, sey es durch ihre unmittelbare natürliche Evidenz, oder durch strenge Begründung oder Beweis durch die Wissenschaft. Die Grundsätze der Mechanik und die eracten Resultate der Astronomie sind ebenso gegen Widerspruch und Erschütterung gesichert, wie die Wahrheit, daß 2 mal 2 = 4 ist. Die Wis= senschaft strebt gerade darnach, den Wahrheiten solche Sicher= heit durch ihre Begründungen zu geben und sie dadurch zum unverlierbaren Besitzthum der Menschheit zu machen.

Daß die principielle Beschränkung der Freiheit der Wissenschaft schließlich der Wahrheit nicht zu Gute käme, zeigt endlich sogar eine ganz einfache Rechnung: Nehmen wir an, es gelte als allgemeiner Grundsatz, daß alle bestehenden oder ge= rade herrschenden Ansichten und Ueberzeugungen als unantast= bare Güter und Wahrheiten durch Gesetze vor jeder freien Prüfung und allenfallsigen Zerstörung oder Widerlegung ge= schützt würden, so ist gewiß, daß die Wohlthat dieses allgemei= nen gesetzlichen Schutzes weit mehr dem Irrthum, als der

Wahrheit zu Gute käme; daß weit mehr unrichtige Ansichten und falsche Meinungen aufrecht erhalten, und wo möglich verewigt würden, als wahrhafte Geistesgüter und richtige Ueberzeugungen. Denn die eigentlich sicheren, unbestreitbaren und unerschütterlichen (natürlichen) Wahrheiten oder Einsichten, deren Summe für die Menschheit allerdings bedeutend ist, bedürfen keines Schutzes, und für sie wäre daher dieses Gesetz ohne Bedeutung; was aber die schwankenden, bestreitbaren oder der Erschütterung fähigen Ueberzeugungen und Ansichten betrifft, denen das Gesetz zu Gute käme, so dürfte, wie die Menschheit gegenwärtig beschaffen ist, sowohl überhaupt als insbesondere in religiöser und moralischer Beziehung weit mehr Irrthum als Wahrheit herrschen in der Menschheit als Ganzen, bei den verschiedenen Völkern mit ihren verschiedenen Lebens-Ansichten und Religionen, — die also alle geschützt, erhalten und grundsätzlich verewigt würden durch jenes Gesetz. Somit würde die grundsätzliche Beschränkung der freien Forschung und der gesetzliche Schutz bestehender Ansichten weit mehr Irrthum aufrecht erhalten und vor Prüfung und Zerstörung bewahren als Wahrheit, und demnach würde ein solcher Grundsatz und demselben entsprechendes Gesetz der Wahrheit wie dem Menschengeschlechte weit mehr schaden als nützen. Und ungeachtet solchen gesetzlichen Schutzes wären doch auch die wichtigsten Wahrheiten stets der Gefahr der Erschütterung, der Verdächtigung und Bezweiflung ausgesetzt, denn dagegen kann kein Gesetz und keine Auctorität die Wahrheit und den Menschengeist schützen; die freie Forschung aber, die Wissenschaft geht darauf aus, und vermag es ihrer Natur gemäß, wie die Wahrheit zu erkennen, so auch ihr eine feste Begründung zu geben und sie als unzerstörbares Gut der Menschheit zu sichern.

Auch um des möglichen Mißbrauches willen läßt sich demnach nicht das Recht der freien Forschung beanstanden oder aufheben, da hieraus der Wahrheit mehr Schaden als Schutz und Nutzen erwüchse. Aeußeres Gesetz, Auctorität, Zwang, Unterwerfung können demnach in der Wissenschaft keine Stelle finden, da diese nur ihren eigenen Gesetzen folgen darf. Und Interessen keinerlei Art, außer denen der Wahrheit und ihrer Erkenntniß, dürfen irgendwie bestimmend in ihr wirken; d. h. die Resultate der wissenschaftlichen Forschung dürfen nie bestimmt werden durch irgend welche Interessen, durch bestehende Ansichten oder zu nehmende Rücksichten, sondern müssen einzig gewonnen werden durch die normalen Erkenntnißorgane bei der unmittelbaren Erkenntniß, und unter Leitung der logischen Gesetze bei den Denkoperationen auf Grundlage fester, unmittelbar evidenter, unbestreitbarer Wahrheiten bei der mittelbaren Erkenntniß. Die Interessen fördern Vorurtheile und corrumpiren das Denken; denn sie sind vielartig, verschieden und widerstreitend bei verschiedenen Menschen, Völkern, Staaten und Religionen, können daher nicht auf unbedingte, allgemeine Gültigkeit, wie Axiome und Gesetze Anspruch machen, und daher nicht Grundsätze und Kriterien der Wissenschaft seyn, durch welche die Wahrheit zu finden oder zu prüfen wäre. Gleichgültig sind darum freilich auch für die Wissenschaft die Interessen und die geltenden Ansichten nicht, wenn sie auch nicht unmittelbar sich geltend machen dürfen. Sie werden dafür mittelbar sich zur Geltung zu bringen suchen, und zwar auf eine für die Wissenschaft sogar förderliche Weise, indem sie, wofern eine Verletzung derselben stattfindet durch die Resultate der Forschung, zu erneuter scharfer Prüfung auffordern und antreiben; eine Prüfung, welche sich auf genaue Untersuchung des Erkenntnißobjectes ebenso bezieht, wie auf die Thätigkeit der Erkenntnißorgane, die richtige Methode und logische Consequenz und die zu Grunde liegenden Voraussetzungen. — Diesen mittelbaren Einfluß können und dürfen Interessen und Rücksichten haben. Würde man aber einen directen gestatten und dieselben als Kriterien und Gesetze der Wissenschaft betrachten, so würde alsbald keine Gränze mehr zu finden und festzusetzen seyn, welche Interessen und wie weit sie gelten sollten für die Wissenschaft, und welche und wie weit nicht. Und wie in früheren Zeiten das theologische Interesse z. B. den Fortschritten der Astronomie sich entgegen zu stellen suchte, da man die Auctorität der Bibel gefährdet glaubte durch die astronomischen Forschungen, so daß nur nach schwerem Kampfe diese Wissenschaft die Freiheit errang d. h. das Recht errang, unabhängig von allen andern Rücksichten nur ihren eigenen Gesetzen zu folgen; — so würden auch noch fortwährend die verschiedensten socialen und politischen Verhältnisse Schonung und Rücksichtnahme von der Wissenschaft, selbst von der Naturwissenschaft, verlangen, und sie entweder in manichfachster Weise in ihrem Fortschritte, und in der practischen Anwendung der gewonnenen Resultate hemmen, oder, wenn keine Beachtung derselben einträte, dieselbe als gemeinschädlich, zerstörend, revolutionär, als Eigenthum und erworbene Rechte beeinträchtigend und daher als unsittlich erscheinen lassen. Insbesondere durch die practische Anwendung der Resultate der Wissenschaft könnten sich viele Einzelne und ganze Klassen von Menschen in ihren Rechten verletzt, in ihrem Eigenthum, das sie rechtlich erworben, angegriffen oder bestohlen erachten, und in ihrem Interesse Beschränkung der Wissenschaft und ihrer Fortschritte fordern.

Man wird sicher die Befugniß einer solchen Beschränkung der Wissenschaft nicht zugeben und derselben in dieser Beziehung unbedingte Freiheit zugestehen, was auch daraus entstehen mag; aber man ist vielleicht geneigt, dieselbe nur der exacten Wissenschaft, der Wissenschaft, die sich auf die äußere Natur bezieht, der strengsten Gesetzmäßigkeit fähig und über jede Willkür erhaben ist, zuzugestehen, nicht aber auch den sogenannten moralischen Wissenschaften d. h. den Wissenschaften, die sich auf das geistige Leben der Menschheit, auf die rechtlichen, sittlichen und religiösen Verhältnisse beziehen, da diese weit unmittelbarer in alle bestehenden Verhältnisse, Ordnungen und Ueberzeugungen eingreifen, und zudem keiner so strengen, jeder Willkür und Leidenschaft unzugänglichen Behandlung fähig sind, wie die Naturwissenschaften. — Auch diese Beschränkung können wir nicht gelten lassen. Was zuerst die Unsicherheit und den Mangel an Strenge der wissenschaftlichen Behandlung betrifft, die in den moralischen Wissenschaften im Unterschied von den exacten herrschen sollen, so sind sie nicht so groß, wie man häufig vorgibt, da auch in diesen Wissenschaften dieselben Erkenntnißorgane thätig sind, dieselben logischen Gesetze gelten, dieselbe Verstandesevidenz entscheidet, wie in den exacten, — mit der Ausnahme freilich, daß der Natur der Sache gemäß, Zahlenbestimmungen und -Formeln keine Anwendung finden, daß der Calcul sich nicht zur Geltung bringen kann [1]. Je höher man das geistige Leben der Menschheit achtet, um so mehr dürfte es gerathen seyn, die wissenschaftliche Forschung in Betreff desselben nicht zu tief herabzusetzen im Vergleich mit der Naturwissenschaft, und in dem Maaße dieser die Alleinherrschaft zuzugestehen, von ihr allein alle wissenschaftlichen Entscheidungen erwartend; da man in dem Maaße die blos mechanische und in Verbindung damit auch wohl die materialistische Auffassung des Daseyns zu entscheidendem Ansehen bringen wird. — Sind dann auch wirklich die sogenannten moralischen Wissenschaften

---

[1] Vgl. hierüber meine Schrift: „Ueber die Aufgabe der Naturphilosophie und ihr Verhältniß zur Naturwissenschaft." S. 98 ff.

keiner so objectiven und exacten Behandlung fähig, wie die
Naturwissenschaften, so ist dieß dennoch kein Grund, ihnen die
Freiheit der Forschung zu entziehen und sie damit erst eigentlich
des wissenschaftlichen Charakters ganz zu berauben. Gerade weil
hier vorgefaßte Ansichten, Vorurtheile und Leidenschaften leich=
ter Einfluß gewinnen auch bei wissenschaftlichen Untersuchungen
und Feststellungen, ist fortwährend freie Prüfung um so noth=
wendiger und berechtigter, damit nicht durch Gesetze Bestim=
mungen befestigt und verewigt werden, die unter dem trüben=
den Einfluß unwissenschaftlicher Rücksichten gewonnen und fest=
gestellt worden. Und gerade weil für diese Wissenschaften Fort=
schritt und Vervollkommnung, trotz der großen Schwierigkeiten,
dringendes Bedürfniß ist, zum Behufe der Vervollkommnung,
Veredlung der Menschheit, muß auch um so mehr diesen Wis=
senschaften das Recht der freien, alle fremdartigen Einflüsse im=
mer mehr beseitigenden Forschung gewährt werden. Politische,
sittliche und religiöse Rücksichten und Interessen dürfen diese
Freiheit der Wissenschaft nicht beschränken oder aufheben. Chi=
nesischer Hochmuth, daß schon Alles vollkommen sey in dieser
Beziehung, könnte nur auf alle Kraft und Thätigkeit lähmend
wirken und Rückschritt und Verfall veranlassen. Von den re=
ligiösen Rücksichten und Interessen wird später die Rede seyn;
daß auch die moralischen keinen die freie Wissenschaft hemmen=
den Einfluß erlangen dürfen, läßt sich hier schon ohne Schwie=
rigkeit zeigen.

Die moralischen Grundsätze sind nämlich bei den verschie=
denen Völkern selbst nicht ganz gleich, und daher sind es auch
die moralischen Interessen nicht; und es wäre demnach, wenn
als Grundsatz gelten würde, daß die Wissenschaft sich nach den
moralischen Interessen richten müsse, sehr wohl möglich, daß
bei dem Einen Volke sie Etwas im Interesse der Moralität

annehmen, bei dem andern wiederum, ebenfalls im Interesse der Moralität, verwerfen müßte. Die schwankenden Meinungen der Menschen würden an der Stelle allgemeiner, unbestreitbarer Axiome und strenger Consequenzen zur Herrschaft kommen und der Charakter der Wissenschaftlichkeit wäre vernichtet. Soll die Wissenschaft wirklich moralische Grundsätze als wissenschaftliche Axiome und bestimmende Kriterien gelten lassen, so muß sie jedenfalls selbst erst prüfen, ob ein Volk, und welches — die wahren sittlichen Grundsätze und Gesetze besitze, welche sie daher anzuerkennen habe. Bei dieser Prüfung aber könnten nicht irgend historische oder positive Bestimmungen in Betreff der Moralität schon von Vorne herein als richtig und für die Wissenschaft axiomatisch gelten, da ja ihre Richtigkeit erst als Resultat der Untersuchung zu gewinnen wäre. Demnach kann die wahre Wissenschaft nicht positive Gesetze irgend eines Volkes a priori als maßgebend für sich anerkennen, und sich ihnen unterwerfend auf ihre Freiheit in dieser Beziehung verzichten. — Die persönliche Sittlichkeit des Einzelnen allerdings ist zu bestimmen an dem Maaßstabe der bestehenden rechtlichen und sittlichen Grundsätze und Gesetze, und derselbe wird in dem Maaße als sittlich erscheinen, als er sich denselben dem Geiste und Buchstaben nach unterwirft und sie erfüllt; für die Wissenschaft aber sind diese Grundsätze und Gesetze nicht maßgebend als wissenschaftlich geltende Principien, sondern sie sind für dieselbe zunächst selbst nur Erkenntnißobject und Problem. Daher müssen wir wohl unterscheiden zwischen Sittlichkeit der einzelnen Angehörigen eines Volkes, und der Sittlichkeit des Volkes selbst, in objectivem Sinne d. h. den bei demselben geltenden Sittengesetzen. Es ist wohl möglich, daß der Einzelne sittlich sey, während das Sittengesetz des Volkes selbst der Idee der Sittlichkeit nicht entspricht, sondern unsittliche Bestimmungen enthält; und umgekehrt kann die objective Sittlichkeit, das gesammte Sittengesetz, eines Volkes oder einer Religion der Idee der Sittlichkeit in hohem Maaße entsprechen und daher die wissenschaftliche Prüfung durchaus bestehen, während die Sittlichkeit des Einzelnen oder Einzelner tief steht, wenn sie in ihrem Handeln dem Sittengesetze nicht entsprechen. Man wird also z. B. zwischen Sittlichkeit der alten Griechen als einzelner Personen, und zwischen griechischer Sittlichkeit (Art der Sittengesetze) zu unterscheiden haben. Die erstere be= urtheilen wir nach den als Sittengesetze bei den Griechen gel= tenden Vorschriften, die zweite aber an der Idee der Sittlich= keit selbst, indem die Wissenschaft (Philosophie) zu untersuchen hat, ob das, was die Gesetze der Völker und Religionen als sittlich bestimmen, auch wirklich sittlich sey und ein Recht habe, als sittliches Gebot aufgestellt zu werden. Und während uns bei den einzelnen Personen die Befolgung mancher Vorschriften, welche bittere und sogar grausame Opfer auferlegen, mit Aner= kennung und Achtung für ihren sittlichen Ernst erfüllt, ist es wohl möglich, daß die Vorschrift, das Gesetz selber unsere Zu= rückweisung und Verwerfung, ja unsern Abscheu verdient. Die persönliche Beurtheilung ist beschränkt und bestimmt durch die geltenden Sittengesetze, die Beurtheilung der Sittengesetze selber aber kann nicht durch diese selbst wiederum bestimmt und be= schränkt werden, sondern ist unbeschränkt, und beständig durch erneute Prüfung zu vervollkommnen. Und das Bestimmende hiebei kann nur die ideale Kraft oder Anlage der menschlichen Natur selber seyn, zugleich mit den Gesetzen der Wissenschaft, die sich ungehemmt und ungezwungen, also frei geltend zu ma= chen haben. Dieß gilt auch in Bezug auf das Sittliche im Christenthume selbst. Für Beurtheilung der Sittlichkeit des Christen haben wir den bestimmten, positiven Maaßstab an

der christlichen Sittenlehre selbst, und wir werden den Einzel-
nen in dem Maaße für sittlich halten, als sein Wollen und
Handeln mit diesem Sittengesetze übereinstimmt. Allein für
Beurtheilung der Sittlichkeit (Ideegemäßheit), der christlichen
Sittenlehre selbst kann nicht diese positive Sittenlehre selber
wiederum Maaßstab der Beurtheilung seyn, wenn das Urtheil
von Bedeutung und von wissenschaftlichem (philosophischem)
Werth seyn soll; sondern man wird stets einen andern Maaßstab haben müssen, sey dieß z. B. der natürliche und historische
Nutzen, den die Menschheit davon hatte, oder, wie es bei tieferer und philosophischer Betrachtung der Fall seyn muß, die
dem Menschengeiste immanente Idee der Sittlichkeit, die als
Erkenntnißprincip sich bethätigen kann auch der christlichen Sittenlehre gegenüber, — sogar wenn sie durch diese selbst erst zur
vollen Entwicklung und zum klaren Bewußtseyn kommt. Ursprünglich und immanent muß aber dieses letzte philoso-
phisch-wissenschaftliche Erkenntnißkriterium seyn, da jeder von
Außen angenommene Maaßstab der Beurtheilung selbst erst bei
der Annahme geprüft werden müßte — und zwar wieder an
einem schon immanenten Erkenntnißkriterium — ob er wirklich
der richtige sittliche Maaßstab sey. Das eigentlich gründliche,
philosophische Urtheil in dieser Beziehung muß stets aus der
immanenten Tiefe des Subjectes selbst hervorgehen und in seiner geistigen Natur und Wahrhaftigkeit begründet seyn; und in
so fern muß es auch unabhängig von jeder positiven Sittenlehre, also frei und selbstständig seyn. Ohne dieß käme
man über das bloße unwissenschaftliche Selbstzeugniß der positiven Sittenlehren in Betreff ihrer Richtigkeit nicht hinaus zu
einem wahrhaft unbefangenen, wissenschaftlichen Urtheil über
dieselben. Wenn daher z. B. behauptet wird, die christliche
Sittenlehre sey die vollkommenste, so kann diese Behauptung

nicht darauf sich berufen, daß dieselbe sich selbst für die voll=
kommenste erklärt, auch nicht darauf, daß sie die Menschen am
vollkommensten sittlich bildet; denn das Erste wäre nur ein
Selbstzeugniß, das Zweite aber erfordert selbst wieder ein Kri=
terium, an dem die Menschen in Bezug auf Sittlichkeit geprüft
werden können, um zu entscheiden, ob wirklich die christlich ge=
bildeten als die sittlich vollkommensten anzuerkennen seyen. —
Aber wie! darf denn also die Wissenschaft in ihrer Selbststän=
digkeit und Freiheit auch den Sittengesetzen widersprechen, darf
sie unsittliche Grundsätze aufstellen? Gewiß nicht, sie darf dieß
weder, noch will sie es, ihrer Natur gemäß; sondern sie wird
nur dahin trachten, Grundsätze, die etwa als sittliche aufgestellt
wurden, eigentlich aber dem Wesen der Sittlichkeit widerstrei=
ten und unsittlich sind, als solche zu zeigen und auf Aenderung
zu bringen. Unsittlichkeit darf aber die Wissenschaft so wenig
fördern, daß vielmehr ihr ganzer Anspruch auf Recht und Frei=
heit der Forschung in dieser Beziehung darauf gegründet ist,
daß durch sie das wahrhaft Sittliche erkannt und geltend ge=
macht werden soll. Eben deßwegen aber darf sie auch beste=
hende Ansichten und Gesetze der Sittlichkeit nicht deßwegen schon
anerkennen und sich ihnen unterwerfen (als Wissenschaft), weil
sie einmal da sind und gelten, sondern nur nach unbefangener
Prüfung und aus wissenschaftlichen Gründen.

Aus den bisherigen Erörterungen nun dürfte genugsam
erhellen, daß es, so zu sagen, ein unveräußerliches Naturrecht
der Wissenschaft sey, mit Freiheit zu verfahren d. h. nur nach
eigenen Gesetzen zu wirken, und daß sie sich nicht von ander=
weitigen Interessen und Rücksichten darf bestimmen, nicht von
Gewalt und Zwang darf beeinflussen lassen. Wie die Kunst
frei seyn d. h. ihren eigenen Gesetzen folgen muß, und weder
von Staat noch Kirche mit Gesetzen bestimmt und beschränkt

werden darf, wenn sie nicht als Kunst aufhören und nur zum Handwerk in Dienstbarkeit herabsinken soll, so auch muß der Wissenschaft Selbstständigkeit und Freiheit zukommen, wenn sie nicht dem Vorurtheile, der sophistischen Wohldienerei und jeglicher Corruption verfallen soll, so daß sie schließlich weder der Wahrheit und dem Fortschritte, noch der Kirche und dem Staate irgend einen Dienst leisten kann.

4. Es könnte nun doch noch die Frage entstehen, ob denn hienach wirklich die Wissenschaft unbedingte, absolute Freiheit beanspruchen, und keinerlei Beschränkung sich gefallen lassen dürfe mitten in diesem Gebiete des relativen Daseyns und Geschehens, der Unvollkommenheit und des Irrthums. Absolute Freiheit nun kann die Wissenschaft allerdings nicht beanspruchen, denn die kann nur da stattfinden, wo der Wille und das Wollen zugleich Gesetz und schöpferisch ist. Die Freiheit der Wissenschaft aber besteht, wie früher gezeigt wurde, nicht in Willkür, in subjectivem Belieben, und nicht darin, daß sie ihre Gesetze sich selber schafft, sondern sie besteht vielmehr darin, daß sie sich nach den Gesetzen des Erkennens einerseits, und der objectiven Beschaffenheit des Erkannten andererseits richtet. Die Freiheit der Wissenschaft besteht darum, wie wir sahen, in nichts Anderem als in dem Rechte, ungehindert nur den Gesetzen der Wissenschaft, des Erkennens selber zu folgen und durch keinen Einfluß von anderswoher darin beschränkt zu werden. Und in sofern muß sie unbedingte Freiheit (Recht) in Anspruch nehmen, nur ihren Gesetzen zu folgen, da sie ohne dieß gar nicht bestünde; und auch diese Gesetze und die Methode des Forschens und der Wissenschaft kann sie nur selbst erkennen und bestimmen und sich nicht von Außen geben, befehlen oder aufzwingen lassen.

Wenn wir gleichwohl zugeben, daß in dieser Welt der

Unvollkommenheit auch in Betreff der Wissenschaft Beschränkungen zulässig, ja nothwendig seyen, so können sich diese nie auf die Theorie selbst, oder so zu sagen auf das immanente Wesen der Wissenschaft beziehen, sondern nur auf die practische Anwendung; nicht auf die Forschung selbst, sondern nur auf den Gebrauch, auf das practische Geltendmachen der Resultate. Die Beschränkungen können also stets nur aus pädagogischen Rücksichten stattfinden, wie dieß ja der nur allmählig sich entwickelnden menschlichen Natur gemäß, also im Interesse der Bildung, des Fortschrittes und der Anerkennung der Wahrheit und ihres Verständnisses geboten ist. Denn es ist allerdings richtig, daß man bei dieser Beschaffenheit der Menschen und der Völker, wie sie nun einmal sind, nicht jede neu entdeckte Wahrheit, sey sie auch die klarste und bestbegründete, ohne Weiters jedem nächsten Besten in's Gesicht schleudern dürfe, mag er dafür empfänglich oder darauf vorbereitet seyn oder nicht. Weder im Interesse des Friedens und der Ordnung, noch in dem der Wahrheit und ihrer Anerkennung und der Bildung durch sie wäre dieß gelegen; und wäre eben so wenig auch der menschlichen Natur gemäß. Dieß gilt schon bei den Naturwissenschaften und dem practischen Geltendmachen ihrer Resultate, noch mehr aber bei den sogenannten moralischen Wissenschaften, weil diese einerseits in ihrer Grundlage und ihren Resultaten doch weniger objective Sicherheit und Evidenz gewähren, andrerseits auf rechtliche und sittliche Ordnung, auf Gesinnung und Willen unmittelbareren und größeren Einfluß haben. Daher kann hier selbst die Befreiung von Irrthümern und Vorurtheilen nicht plötzlich und unvorbereitet, sondern nur allmählig, der Eigenthümlichkeit menschlicher Geistesthätigkeit und Entwicklung gemäß, stattfinden. Das Gegentheil wäre selbst widernatürlich und könnte nur durch Gewalt und Zwang einerseits,

und blinde Unterwerfung andererseits erzielt werden; Maßre=
geln, die selbst im Dienste der Wahrheit unberechtigt sind, weil
sie dieselbe entwürdigen und sie den Menschen zum Gegenstand
des Verdachtes, der Widerspenstigkeit und Heuchelei, oder sogar
des Hasses machen. Daher liegt es sogar im Interesse der
Wissenschaft selber, daß bei dem Geltendmachen ihrer Resultate
mit pädagogischer Rücksicht verfahren werde, denen gegenüber,
welche die ganze Wahrheit noch nicht zu ertragen vermögen.

Durch diese pädagogischen Beschränkungen im practischen
Gebiete darf aber durchaus nicht die Wissenschaft selbst betrof=
fen werden und um Freiheit und Recht kommen; denn in der
wissenschaftlichen Forschung dürfen einzig nur Gesetz und Wahr=
heit die bestimmenden Mächte seyn, nie andere Rücksichten.
Und die einzige theoretische Beschränkung der Wissenschaft, wenn
man sie so nennen will, kann nur bestehen in der Anerkennung
der Berechtigung und Bedeutung auch der Auctorität; eine An=
erkennung, die aber nicht ohne Weiters Verzichtleistung auf ihr
eignes Recht in sich schließt, sondern vielmehr mit eifersüchtiger
Wahrung der eigenen Freiheit und Rechte d. h. der eigenen
Existenz und Selbstständigkeit wohl vereinbar ist, ja vereinbar
seyn muß, da sonst auch die theoretische Anerkennung der Auc=
torität von Seite der Wissenschaft keine Bedeutung mehr hätte.
— Es mögen die Menschen, die Völker durch Unterwerfung,
durch Gehorsam oft gewinnen und gefördert werden, die Wis=
senschaft als solche kann nie durch Unterwerfung unter irgend
eine andere Gewalt, und durch Gehorsam gegen sie gewinnen
und gefördert werden; denn in dem Maaße, als dieß geschieht,
existirt sie nicht mehr. Dieß gilt selbst von den moralischen
Wissenschaften. Mögen auch oft die Erkenntnißorgane nicht
vollkommen entwickelt und thätig seyn, mögen die Prämissen
an Klarheit und Sicherheit Manches zu wünschen übrig lassen,

mag selbst bei Schlußfolgerungen der geistige Blick einigermaffen
getrübt seyn, das Alles berechtigt nicht, daß eine fremde Macht
in die Wiffenschaft eingreife und sie maßregle; denn durch sie
könnten all' die genannten Fehler nicht gebeffert werden, son=
dern diefe vermag nur die Wiffenschaft selbst allmählig zu über=
winden — und zwar in dem Maaße, als sie ungehindert ihren ei=
genen Gang gehen, ihren eignen Gesetzen folgen kann. Die
Unvollkommenheiten, an denen sie leidet, sind für sie nur Ver=
anlaffung zur Vorsicht und Zurückhaltung in Aufstellung von
Behauptungen und Resultaten, zu stets angestrebter Verbeffe=
rung der Methode der Forschung und zu stets erneuter stren=
ger Kritik in Bezug auf sich selber; fremde Mächte kann und
will sie dabei nicht zu Hülfe rufen. Und wenn die Unvollkom=
menheiten und Irrthümer der menschlichen Wiffenschaft hervor=
gehoben und gegen ihre Freiheit geltend gemacht werden wol=
len, so können wir nur wieder auf jenes Wort der Wahrheit
zurückkommen, daß man Unkraut und Waizen miteinander müffe
wachsen laffen, um nicht um des Schlechten willen auch das
Gute zu zerstören. Es ist damit ein kosmisches, ein welthisto=
risches Gesetz ausgesprochen, und eine göttliche Willens=Inten=
tion in Betreff des Weltlaufes angezeigt, welche menschliche
Klugheit nicht wird verbeffern oder meistern wollen. Sicher
ist, daß im geistigen Gebiet Gewalt und Zwang stets mehr
Schaden als Nutzen stiften, und der Ausbreitung und dem Ge=
deihen des Reiches der Wahrheit nicht förderlich seyn können,
wenn es auch äußerlich einige Zeit hindurch den Anschein haben
sollte; denn geistige Gesundheit und liebevolles Umfaffen der
Wahrheit kann dadurch nicht erzielt werden. Und darum wird
es ja auch mit Recht stets als ein großer Vorzug des Christen=
thums gerühmt, daß es sich ohne Gewalt und Zwang, nur

durch intellectuelle und moralische Thätigkeit in die Menschheit eingeführt habe.

Und nun entsteht die Frage, ob dieses hohe Recht der freien Forschung, ohne welches alle geistigen Güter, alle Ansichten, Meinungen, Ueberzeugungen, seyen sie wahr oder irrthümlich nur als Schicksal, Zwang und blindes Ungefähr über den Menschen kämen, weil sie im Annehmen schon nicht mehr geprüft werden dürften — ob, sage ich, das hohe Recht der freien Forschung und Wissenschaft auch innerhalb des Christenthums, und zwar auch in Betreff jener Wahrheiten und geistigen Güter, die gerade den Inhalt des Christenthums bilden, anerkannt und behauptet werden könne oder dürfe. Ob also jene Wissenschaft, welche die höheren Wahrheiten zu ihrem Erkenntnißobject sich nimmt, die Philosophie und zwar insbesondere die Metaphysik, als freie Wissenschaft sich auf christlichem Gebiete zur Geltung bringen dürfe, ohne durch dieß allein schon widerchristlich zu seyn oder zu werden. Es ist also die Frage, ob göttliche Offenbarung und freie Wissenschaft (insbesondere Philosophie) miteinander vereinbar seyen oder nicht; eine Frage, deren Erörterung und Beantwortung die Aufgabe des folgenden Abschnittes bildet.

II.

Recht und Freiheit der wissenschaftlichen Forschung innerhalb des Christenthums und der Kirche.

Auf den ersten Blick möchte es scheinen, und es wird auch oft und entschieden genug behauptet, daß eine freie Wissenschaft wenigstens in Bezug auf die höheren Wahrheiten, die metaphysischen und moralischen, also eine freie Philosophie, unnütz und unberechtigt sey, insofern das Christenthum als göttliche Offenbarung gelte, und also göttlich gegebene, durch göttliche Auctorität verbürgte und zur unbedingten Annahme verpflichtende Wahrheit biete. Zudem erscheinen die christlichen Lehren als Heilswahrheiten, die nicht blos die Erkenntniß angehen, und nicht blos Unkenntniß und Irrthum beseitigen, sondern welche die Heilung und Gesundheit der ganzen Seele begründen und das ewige Wohl und Wehe derselben bedingen, — also nicht durch freie Forschung in Frage gestellt, oder der Gefahr der Gefährdung durch dieselbe ausgesetzt werden dürfen. Ueberdieß sind ohnehin manche der specifisch christlichen Lehren Mysterien, und schon darum der wissenschaftlichen Forschung unzugänglich und ist diese daher auch in Bezug auf sie unzuläßig. Insbesondere aber scheint auf dem Standpunkt der katholischen Kirche, in Bezug auf welchen gerade die folgende Untersuchung angestellt werden soll, eine wirklich freie Wissenschaft ganz unstatthaft,

3 *

da hier noch dazu eine unfehlbare Lehr=Auctorität zur Ueber=
lieferung, Bewachung und sogar Erklärung der Thatsachen und
Lehren der Offenbarung besteht, und weder eine Vermehrung
noch Verminderung der christlichen Wahrheiten als zulässig be=
hauptet wird. Dieser göttlichen Auctorität der christlichen Offen=
barung mit ihren Heilswahrheiten, und dieser unfehlbaren Lehr=
Auctorität der Kirche mit ihren dogmatischen Lehrbestimmungen
gegenüber scheint durchaus auf freie wissenschaftliche Forschung
verzichtet werden zu müssen. Wenn wir nun dennoch nicht blos
die M ö g l i ch k e i t, sondern sogar die N o t h w e n d i g k e i t wirk=
lich freier, selbstständiger Forschung behaupten, so kann dieß selbst=
verständlich nicht geschehen ohne genaue Erörterung und ge=
wichtige Begründung dieser Behauptung. Eine Erörterung und
Begründung, die wir nun versuchen.

1. Wir können in fraglicher Beziehung sogleich dieß gel=
tend machen, daß das Christenthum, daß insbesondere auch die
katholische Kirche von jeher die Wissenschaft als berechtigt an=
erkannt und grundsätzlich zu fördern gesucht, und der Verkenn=
ung und Mißachtung derselben stets entgegengewirkt hat. Wenn
nun die F r e i h e i t d. h. d a s R e ch t nur den e i g e n e n Ge=
s e h e n zu f o l g e n ein wesentliches Moment der Wissenschaft
ist, wie wir dargethan zu haben glauben, so muß hiemit auch
diese Freiheit als berechtigt anerkannt seyn, denn die Kirche
meint und will sicher keine bloße Scheinwissenschaft, sondern
eine ernste, wirkliche, diesen Namen verdienende, da sie sonst mit
sich selbst in Widerspruch käme, wenn sie zwar die Wissenschaft
wollte, die wesentlichen Bedingungen derselben aber nicht zu er=
füllen gestattete.

Frei muß demnach selbstverständlich auch innerhalb des
Christenthums vor Allem die Wissenschaft vom Thatsächlichen,
vom Seyn und Wirken in Natur und Geschichte seyn. Die

menschliche Natur muß in dieser Beziehung frei ihre Kräfte anwenden und ihre Erkenntniß = Thätigkeit entwickeln dürfen; und nicht minder muß es gestattet seyn, das Thatsächliche als Thatsäch= liches, das Seyende als Seyendes, das Geschehene als Geschehe= nes, das Nichtgeschehene als Nichtgeschehenes, das in Zusam= menhang Stehende als zusammenhängend u. s. w. zu betrach= ten und geltend zu machen. Keine Macht, kein Gesetz kann der Wissenschaft in dieser Beziehung befehlen oder verbieten zu behaupten oder zu verneinen gegen die Wahrnehmung und gegen die Thatsächlichkeit. In der That ist auch in unsern Tagen der Naturwissenschaft in ihrem Forschungsgebiete durchaus Frei= heit gestattet in Bezug auf Methode und Anerkennung von That= sachen und Gesetzen, obwohl auch in dieser Beziehung die all= mählige Befreiung von der Macht theologischer Erkenntnißkri= terien schwer genug errungen ward von der Zeit Copernikus' und Galilei's an. Und ginge es nach dem Willen mancher Eiferer, die sich selbst als die ächten Vertreter des Christenthums und der Kirchlichkeit ankündigen, dann müßten noch jetzt astrono= mische, geologische und chemische Forschungen und deren Re= sultate in Betreff ihrer Wahrheit und Zulässigkeit an dogma= tischem Maaßstabe geprüft oder gemessen werden; so daß etwa die Chemie unter Andern am Dogma von der Transsubstan= tiation sich orientiren müßte, z. B. in Betreff der Aenderung, welche die Speise im menschlichen Organismus erhält. Und leicht könnte da, wenn man einmal solche Grundsätze zur Gel= tung brächte, manche Behauptung der Chemie Beanstandung finden. Ist es doch klar, daß die Nahrung im menschlichen Organismus keine substantielle, sondern nur formelle Aenderung erfährt, so daß also bei Umwandlung von Nahrung in leben= digen Leib keine eigentlich durchgängige Transsubstantiation, sondern größtentheils nur Transformation stattfindet. Grund

genug für die Eiferer, besorgt und mißtrauisch zu werden
gegen die Chemie, wenn es sich auch zunächst nur um Richtigkeit oder Genauigkeit des kirchlichen Sprachgebrauches handeln
sollte! — Wie der Naturwissenschaft, so ist auch der Geschichte
Freiheit der Forschung unmöglich abzusprechen und zu entziehen;
d. h. es muß auch innerhalb des Christenthums durchaus gestattet seyn, das Geschehene als geschehen und das Nichtgeschehene
als nichtgeschehen anzuerkennen und zu behaupten; und ebenso
den Zusammenhang und die Motive, so weit sichere Kunde
davon zu erlangen ist. Dieß ist so sicher und selbstverständlich,
daß es kaum im Ernste bestritten werden kann. Schwieriger
aber wird die Sache schon, wo es sich um Beurtheilung und
Deutung der Thatsachen und Gesetze in Natur und Geschichte handelt, also um Erkenntniß der Wahrheit nicht mehr blos im Sinne
von Wirklichkeit oder Thatsächlichkeit, sondern im Sinne von
Idealität oder Vollkommenheit. In dieser Beziehung wird auch
gegenwärtig noch die Forderung gestellt, daß Natur und Geschichte in Bezug auf Werth und Bedeutung im Lichte des
Glaubens betrachtet, und jedes wissenschaftliche (philosophische)
Urtheil darüber sich nach dem Dogma richten und dem Aus-
spruch der dogmatischen Auctorität sich als der auch für die Philosophie geltenden letzten Instanz zu unterwerfen habe. Noch bestimmter will man die Freiheit der Forschung beschränken in
Betreff der anthropologischen Untersuchungen, da man gerade
hier die dogmatischen Entscheidungen der Kirche nicht blos
in Betreff der Menschennatur überhaupt, sondern noch insbesondere die christologischen Bestimmungen über die Natur Christi
als Norm und Kriterium für die Wissenschaft geltend zu machen sucht.¹) Es fragt sich nun, ob diese Beschränkungen der

---

¹) Freilich sollte man doch sogleich dieß bedenken, daß es sich hiebei

Wiſſenſchaft gegenüber berechtigt und nothwendig ſeyen, und ob die Wiſſenſchaft in Betreff der höheren Wahrheiten, die haupt= ſächlich, wie den Inhalt der Religion überhaupt, ſo auch den Inhalt der chriſtlichen Offenbarung bilden, — ob alſo die Wiſſen= ſchaft hievon, oder die Philoſophie (Metaphyſik) auch auf dem Standpunkt des Chriſtenthums, und noch beſonders auf dem der katholiſchen Kirche Freiheit (Recht) beanſpruchen könne oder müſſe.

2. Wir müſſen auch dieſe Frage bejahend beantworten. Außer der ſchon erwähnten Anerkennung der Wiſſenſchaft über= haupt, berechtigt auch ſogleich dazu der in der Kirche geltende Grundſatz: Rationis usus fidem praecedit, wodurch die Noth= wendigkeit der Prüfung anerkannt wird zum Behufe des Glau= bens, damit der Glaube kein blinder, ſondern ein vernünftiger ſey. Unter rationis usus aber kann hier nicht blos der Ge= brauch der gewöhnlichen, ungebildeten (natürlichen) Vernunft zu verſtehen ſeyn, ſondern wohl auch, ja vorzüglich der Ge= brauch der durch Bildung erhöhten und veredelten Vernunft; ein Gebrauch, der ja, wenn er ſich auf die höheren Wahrheiten bezieht, nichts Anders iſt als Philoſophie.

• Auf das Chriſtenthum nun bezogen, beſteht dieſer Gebrauch der Vernunft vor dem Glauben in nichts Anderem als in der Prüfung des Offenbarungs=Charakters und der Göttlichkeit des Chriſtenthums als Thatſache. Den Beweis hiefür hat man von jeher von der Philoſophie erwartet und durch ſie ange= ſtrebt. Inſofern nun dieß beabſichtigt wird, kann von der Philoſophie noch nicht gefordert werden, daß ſie von der An= erkennung der Göttlichkeit und von Unterwerfung unter die chriſt= liche Auctorität ſchon ausgehe, da hier ſchon von vorneherein

---

um wunderbare und übernatürliche Thatſachen handelt, die doch unmöglich als maßgebend für natürliche Thatſachen und gewöhnliche Ordnung und Naturgeſetze gelten können!

angenommen wäre, was erst allenfalls als Resultat der Unter=
suchung gewonnen werden kann, und demnach eine die Wissen=
schaftlichkeit aufhebende petitio principii in's Spiel gebracht
würde. Deßhalb kann auch die Philosophie nicht sogleich, wie
man ihr so häufig zumuthet, von einer doppelten Quelle
der Wahrheit, einer natürlichen und einer übernatürli=
chen (der göttlichen Offenbarung) ausgehen. Denn ob es in
der That eine übernatürliche Quelle gibt, und ob insbesondere
das Christenthum diese sey, soll ja selbst erst untersucht und er=
kannt werden; und wiederum auch, ob es für höhere Wahr=
heiten in der That auch eine nur natürliche Quelle gebe, ob
diese Wahrheiten aus der Natur für sich, der sinnlichen und
geistigen geschöpft werden können. [1])

Hat nun die Philosophie das Recht und die Aufgabe, das
Christenthum selbst zu prüfen in Bezug auf Göttlichkeit und
Wahrheit, damit der christliche Glaube (Glaube an die Offen=

---

[1]) In der That dürfte auch die positive Theologie keinen hinreichenden Grund
haben, die freilich altherkömmliche Unterscheidung einer natürlichen und
übernatürlichen Quelle der Wahrheit, und selbst den damit in Verbindung
stehenden Unterschied von natürlichen und übernatürlichen Wahr=
heiten, strenge aufrecht zu erhalten. Es müßte ja, um diesen Unterschied
zu rechtfertigen, bestimmt entschieden seyn, daß das höhere geistige Leben,
insbesondere die Religion selbst, nur durch natürliche Thätigkeit der Men=
schen, durch Anwendung der eigenen Geisteskräfte und durch Betrachtung
der Natur, Ursprung und Begründung erhalten habe; denn ist dieß nicht
der Fall, sondern ist die Religion durch Uroffenbarung gegründet, dann gibt
es nur Eine Quelle der höheren Wahrheiten, die im geschichtlichen Strome
in der Tradition sich fortsetzt und durch spätere Offenbarungen nur eine
Erneuerung und Verstärkung erhalten hat. Da nun das Christenthum in
der That eine Uroffenbarung am Beginn der Menschheit behauptet, so hat
die christliche Theologie um so weniger eine Ursache und ein Recht eine
natürliche und übernatürliche Quelle der höheren Wahrheiten zu behaupten
— sie kann höchstens eine christliche (und jüdische) und eine nicht=christliche
Quelle unterscheiden, die aber auch nicht eine blos natürliche, sondern eine
ursprünglich übernatürliche ist, wenn sie auch im Laufe der Zeit durch
menschliche (natürliche) Thätigkeit vielfach motificirt und getrübt wurde.

barung mit ihrem Inhalte) nicht als ein blos zufälliger, blinder, sondern als ein vernünftiger erscheine (da ohne diese Prüfung jede Anmaßung und jeder Betrug sich als göttliche Auctorität aufbringen könnte) — so muß ihr auch das Recht der durchaus freien, voraussetzungslosen Prüfung des Christenthums als That- sache und als Lehre gestattet seyn. Zwar hat man einen Un- terschied gemacht zwischen der Prüfung des Christenthums als (göttlicher) Thatsache einerseits, und des Inhaltes der Lehren desselben andererseits, und angenommen, daß eine Prüfung und ein Beweis der Göttlichkeit des Christenthums möglich sey ohne Prüfung des Inhaltes desselben, dem man sich vielmehr dann unbedingt, auch allenfalls ohne Prüfung und ohne Be- greifen zu unterwerfen habe; da göttliche Auctorität dann für die Wahrheit bürge, und göttliche Vernunft und Wahrhaftigkeit stets mehr Vertrauen und Beistimmung verdiene, als unsere eigene menschliche Vernunft und Wahrhaftigkeit. Dieß ist an sich auch ganz richtig, denn gewiß wird die menschliche Vernunft kein zuverlässigerer Bürge für die Wahrheit seyn, als die gött- liche Vernunft und Auctorität. Allein die Prüfung und der Beweis für die Göttlichkeit des Christenthums als Thatsache ist schlechterdings unmöglich ohne gleichzeitige Prüfung des In- haltes, der Lehren, des Christenthums. Alle andere Beweis- Mittel oder Kriterien, wie Weissagungen, Wunder und mora- lischer Wandel des Stifters des Christenthums, leisten nicht was sie sollen, wenn abgesehen wird vom Inhalt, und wenn insbesondere das unbedingte Recht freien Vernunft- urtheils dem positiven Gesetz und den Trägern der Auctorität gegenüber in Abrede gestellt wird.

Betrachten wir zuerst die Wunder. Sie gelten als Kri- terien bei der Prüfung der Offenbarung, indem sie als Ereig- nisse, die entweder unmittelbar als solche, oder wenigstens in

diesen Verhältnissen, oder in dieser Zeit für die Kräfte der
Natur und des Menschen, in ihrer bekannten Wirksamkeit, als
unmöglich erscheinen — indem sie, sage ich, als solche für blos
natürliche Wirksamkeit unmögliche Ereignisse, darthun, daß eine
höhere, und wie weiter geschlossen wird, göttliche Macht sich in
ihnen und durch sie kundgebe. Allein gerade dieser Schluß kann
auf dem Standpunkt der katholischen Lehre nicht als unbedingt
richtig und beweisend zugegeben werden, da auf diesem auch
die Möglichkeit falscher Wunder, die Möglichkeit von Berück=
ungen und Täuschungen durch widergöttliche Mächte angenom=
men wird, und daher die Wunder selbst erst der Prüfung be=
dürfen, ob sie wahre oder falsche seyen. Als Kriterium hiebei
gilt aber selbst wiederum, ob sie im Dienste der Wahrheit und der
rechtmäßigen Auctorität geschehen oder nicht. Man pflegt nun=
mehr in s b e f o n d e r e die Auctorität geltend zu machen, in deren
Dienst sie geschehen müssen, oder gegen deren Geltung sie we=
nigstens nicht gerichtet seyn dürfen. Aber gerade dieses später
so sehr betonte Kriterium kann bei den Wundern Christi nicht
zur Bewährung ihrer Aechtheit und Göttlichkeit angeführt wer=
den, da die gesetzliche Auctorität (bei dem jüdischen Volke) sie
nicht anerkannte, und dieselben auch eigentlich zum Zeugniß
wider sie dienen mußten. Es bleibt also für diesen Fall nur
der Inhalt oder die Wahrheit der Lehre Christi übrig, um
daran zu erkennen, ob die Wunder ächt und göttlich, oder un=
ächt und ungöttlich seyen. Daraus folgt dann für's Erste, daß
die Wunder für sich nicht als sichere Kriterien der Göttlichkeit des
Christenthums gelten können; dann auch daß man, um sie selbst
zu prüfen, den Inhalt des Christenthums selbst erforschen müsse;
endlich, daß nicht die gesetzliche Auctorität, als solche stets über
die Wahrheit oder Unächtheit der Wunder entscheide, sondern
eben so sehr der gesunde, unbefangene Sinn und insbesondere

die prüfende Vernunft, an die hauptsächlich jede göttliche Offenbarung sich richtet, und die das Hauptorgan, wie der Prüfung,
so auch der Aufnahme derselben ist — und bei dem Christenthume
insbesondere war, da die gesetzliche Auctorität sich vielmehr der
Gründung desselben widersetzte. Ohnehin liegt es in der
Natur der Sache, daß Wunder nicht unter der Auctorität stehen
und nicht erst durch Bestätigung von Seite dieser zu wahren
Wundern werden oder dafür gelten können, da, wenn sie eine
Bedeutung haben sollen, stets Ziele durch sie erstrebt werden
müssen, welche die Träger der Auctorität nicht erstreben können
oder wollen. Die gesetzliche Auctorität als solche braucht keine
Wunder, da sie ohne dieselben als bestimmende Macht sich geltend machen kann. Ueber die Auctorität also, oder eigentlich
über die jeweiligen Träger derselben müssen die wahren, bedeu-
tungsvollen Wunder erhaben d. h. von ihrer Gutheißung nicht abhängig seyn in ihrer Geltung, sonst hätte das Christenthum sich
nie in die Menschheit einführen können und dürfen. Man kann
aber nicht sagen, daß die Wunder auch über die Vernunft erhaben seyen und gegen sie gerichtet, auf ihre Zerstörung gehen
können. Denn sie müssen, wenn sie Geltung haben wollen,
immer geprüft, beurtheilt werden, — was nur durch vernünftige
Thätigkeit des Geistes möglich ist. Ohne sie sind Wunder nutzlos, da sie keine Beweiskraft haben. Die göttliche Offenbarung
selbst muß sich also an die ursprüngliche vernünftige Natur des
Menschen wenden und durch ihre Prüfung und Anerkennung Geltung und Eingang erhalten, so daß hiebei die Vernunft, sowohl die einfache natürliche, als die gebildete, wichtiger ist und
mehr vermag als die gesetzliche Auctorität. Wenigstens war
dieß der Fall bei der Gründung des Christenthums. Also muß die
Vernunft auch in wissenschaftlicher Beziehung noch jetzt selbstständig,
wie bei der Gründung des Christenthums, also unabhängig von

der Auctorität die Prüfung desselben selbst und seiner Beweis=
mittel vollziehen; Beweismittel, zu denen zwar die Wun=
der auch gehören, die aber selbst erst durch Prüfung des In=
halts der christlichen Lehre sich als wahre bewähren können —
wenigstens auf dem Standpunkte des Katholizismus.[1])

Noch weniger als die Wunder können die Weissagungen
für sich schon als sichere Beweismittel dienen bei Prüfung der
Offenbarung; sey es, daß es sich um Erfüllung derselben han=
delt, in welcher die Beweiskraft liegen soll, oder um die Fähig=
keit, solche zu geben. Es frägt sich ja hiebei stets erst um die
Deutung derselben, die kaum je so exact und sicher sich geben
läßt, daß ihr die Kraft eines strengen Beweises innewohnte.
In Verbindung mit den übrigen Kriterien können indeß aller=
dings auch Weissagungen Gewicht bei wissenschaftlicher Prüfung
erhalten.

Das sittliche Verhalten dessen ferner, der sich für einen
Gottgesandten ausgibt und Glauben fordert, wird ebenfalls als
ein besonderes Moment und Kriterium bei der Prüfung über
die Wahrheit und Göttlichkeit einer Offenbarung betrachtet.
Allein auch dieses Moment für sich, ohne Rücksicht auf den In=
halt der Offenbarung, würde uns bei der Prüfung der christ=
lichen Offenbarung im Stiche lassen, insbesondere auf dem
Standpunkte derer, welche die Prüfung einer Offenbarung nur
wollen vornehmen lassen von einer der gesetzlichen Auctorität
auch bei der wissenschaftlichen Thätigkeit unterworfenen Ver=
nunft. Jede gesunde, unbefangene Vernunft erkannte allerdings

---

[1]) Keinenfalls also können Wunder auf dem Auctoritätsstandpunkt
zur Prüfung der Göttlichkeit der Thatsache des Christenthums genügen;
eher wäre dieß der Fall auf dem Standpunkte der freien Wissen=
schaft, wenn die Beweismittel sich überhaupt trennen ließen.

Christi Wandel sicher als vollkommen sittlich rein und untadelig, aber nur auf dem Standpunkt der gesunden, unverdorbenen Vernunft; auf dem Standpunkte der damaligen gesetzlichen Auctorität ward dieß aber nicht anerkannt, wie die Träger der Auctorität mit ihrem Unglauben und ihrer Feindschaft gegen Christus bezeugen. Denn auf diesem stehend wird der Ge= horsam gegen die Träger der gesetzlichen Auctorität, die Un= terwerfung unter diese selbst auch als sittliche That bezeich= net und gefordert, und wer dazu sich nicht versteht, der gilt als unsittlich, mag sein sonstiges Verhalten noch so rein und lauter bleiben. Darum galt den jüdischen Auctoritäten Chri= stus nicht als sittlich rein, und sein sonst untadeliger Wandel nicht als Beweis seiner göttlichen Sendung und der Wahrheit seiner Lehre. Daraus folgt auch hier, daß die Vernunft sich bei der Prüfung auf einen andern, von der Auctorität unab= hängigen Standpunkt, stellen muß, als diese selbst; und dann wiederum, daß der Inhalt der Offenbarung durchaus nothwen= dig sey zur Prüfung derselben, und bei dieser nicht vorerst ganz dahin gestellt und unbeachtet bleiben kann, bis die Göttlichkeit allenfalls erkannt ist, — da das sittliche Verhalten selbst nur an einer bestimmten Sittenlehre geprüft und beurtheilt werden kann, diese selbst aber auch zum Inhalt der Offenbarung gehört. Wiederum folgt dann endlich daraus, daß die Grundsätze für philosophische Prüfung der Offenbarung nicht gelten können, nach welchen die Philosophie der Theologie und der Auctorität unterworfen seyn müßte bei der wissenschaftlichen Thätigkeit. Müßte es als allgemeiner Grundsatz angenommen werden, wie man behauptet, daß sich die Vernunft und Philosophie stets an der Auctorität zu orientiren habe bei ihrer Forschung, so konnte das Christenthum bei seiner Gründung nicht als göttliche Of= fenbarung anerkannt werden, da die damalige gesetzliche Aucto=

rität dagegen war, und die Vernunft nur im Gegensatz gegen
diese und mit gesunderem, besserem Urtheil dieselbe erkennen
und anerkennen mochte. Gälten demnach die von uns bestrit=
tenen Grundsätze für Vernunftforschung und Philosophie, die
man jetzt zum „Eckstein" der christlichen Philosophie machen
will, so hätte das Christenthum zur Zeit der Gründung kein
Recht gehabt, sich geltend zu machen und Anerkennung zu for=
dern; und es ruhte auch vor den Augen der gegenwärtigen
Prüfung, wenn diese die gesetzliche Auctorität als bestimmendes
Hauptmoment dabei geltend zu machen hätte, auf unberechtigtem
Grunde und könnte nur als nun einmal gegebene, historisch ge=
wordene Macht, als vollendete Thatsache gelten, und Anerken=
nung finden.

Wollte man sagen, dieß Alles sey hier nicht anwendbar,
da bei der Entstehung des Glaubens an die Göttlichkeit der
christlichen Offenbarung stets ein höheres inneres Moment, eine
unmittelbare göttliche Einwirkung auf die Seele, die Gnade
nämlich, als mitthätig in Betracht kommen müsse, — so könnten
wir diesem kein besonderes Gewicht beilegen. Diese innere An=
regung oder göttliche Gnade wurde wohl Allen zu Theil, so=
fern sie überhaupt als unumgänglich nothwendig erscheint zum
Glauben, und derselbe ohne sie unmöglich wäre; mußte also
denen, die nicht zum Glauben kamen, so gut zu Theil werden,
wie denen, welche dazu gelangten, und wurde daher sicher auch
den Trägern der Auctorität nicht versagt; nur aber durch de=
ren Grundsätze vergeblich. Die Verhältnisse der menschlichen
Thätigkeit bleiben also hiebei ganz ungeändert; menschliche Gei=
stesthätigkeit wird doch immer auch als nothwendig erkannt;
und darum ist es immer von Wichtigkeit, die Grundsätze zu
bestimmen, nach denen sie verfahren darf, — um zu verhindern,
daß sie nicht widerrechtlich gehemmt werde. Möchte man aber

annehmen, daß zwar nicht der Vernunftprüfung Freiheit (von der Auctorität) zukomme, daß aber die innere Gnade von Unterwerfung unter die legitime Auctorität entbinde, und diese außer Geltung setze (oder setzte zur Zeit Christi), so hätte man damit zwar glücklich (wenn auch grundlos) die grundsätzliche Anerkennung der Freiheit der philosophischen Forschung der Offenbarung gegenüber vermieden, dafür aber jedem Schwärmer die Berechtigung verliehen, sich auf innere Gnade und Erleuchtung der legitimen Auctorität gegenüber zu berufen, und sich ihr willkürlich zu entziehen. Nicht auf so unbestimmte, jeder Prüfung und Controle unzugängliche innere Erregung kann aber Berufung gestattet seyn gegenüber der Auctorität, sondern solche Freiheit kann nur der Wissenschaft mit ihren bestimmten, der Prüfung zugänglichen, objectiv bestehenden Gesetzen zukommen. Dieses Recht hat der gesunde Sinn des Volkes und die prüfende Vernunft Christi Werken und Lehren gegenüber geübt, und daher im Gegensatz zur gesetzlichen, auch im Christenthum als die damals rechtmäßige anerkannten, Auctorität im jüdischen Volke Anerkennung gezollt, während diese Auctorität selbst unterging am eignen Allzuviel, und auch in diesem Gebiete zeigte, daß das summum jus zur summa injuria werden könne. Nur durch freie Vernunftprüfung hat das Christenthum Eingang gefunden in die Menschheit, nicht durch Unterwerfung unter die Auctorität, und durch Verzichten auf selbstständige Forschung. Hätte man auf diese verzichtet, und nur an der Auctorität sich orientirt, wie man jetzt grundsätzlich verlangt, so hätte, wie schon bemerkt, das Christenthum nie Eingang finden und auch auf keine Berechtigung Anspruch machen können. Diese freie Forschung aber muß auch jetzt noch als zulässig und berechtigt anerkannt werden für die Wissenschaft, wie damals für die menschliche Vernunft überhaupt; denn ein Grundsatz, der damals rich=

tig war und wohlthätig, kann jetzt nicht falsch seyn und ver=
derblich; und wenn das Christenthum in seiner Gründung
wesentlich auf freier Prüfung, gegenüber der Auctorität, beruht,
so kann freie Prüfung mit dem Wesen des Christenthums und
der Kirche nicht unvereinbar seyn. Die Weise der Erhaltung,
der Fortdauer des Christenthums kann nicht so wesentlich von
der Weise der Gründung verschieden, ja dieser sogar entgegen=
gesetzt seyn, und jetzt gerade jene Grundsätze verpönen, durch
die es zuerst sich geltend gemacht; und nicht jetzt freie unbefan=
gene Prüfung der Thatsachen und Lehren — abgesehen von
der gesetzlichen, befehlenden Auctorität — verbieten, da diese
zuerst das einzige Mittel der Anerkennung desselben ohne und
sogar gegen die legitime Auctorität gewesen ist. Wie es sich
nicht durch Herrschen und Gewalt eingeführt hat in die Mensch=
heit, sondern durch practische und theoretische Bewährung für
Willen und Vernunft des Menschen, und durch Ergreifung des
tiefsten Gemüthes, so kann und soll es sich auch auf diese letz=
tere Art erhalten und stets neu bewähren. — Ein Doppeltes
haben wir hiemit, glaube ich, dargethan. Erstens, daß die
Prüfung des Christenthums selber, als göttlicher Thatsache, frei
seyn müsse, daß Unfreiheit, daß Bindung der Forschung dem
Wesen des Christenthums ungemäß sey; und zweitens, daß
diese Prüfung sich stets auch auf den Inhalt beziehen müsse,
daß daher die Thatsache der Göttlichkeit der Offenbarung gar
nicht erkannt werden könne an sicheren Kriterien, wenn vom
Inhalte und seiner Wahrheit ganz abgesehen werden soll.

Ob nun durch freie Vernunftprüfung der Philosophie die
Göttlichkeit des Christenthums wirklich geprüft und erkannt
werden kann, ob man sich in das Christenthum hineinphiloso=
phiren, durch wissenschaftliche Forschung allein zum Glauben
kommen könne, ist eine andere Frage, — die wir hier nicht aus=

führlich zu untersuchen und zu beantworten haben. Zuzugeben ist jeden Falls, daß die eigne Geistesthätigkeit, das eigne Ur= theil durchaus nothwendig sey zum Glauben, und ohne und gegen sie derselbe nicht entstehen kann. Damit ist die Bedeu= tung der Forschung jedenfalls gesichert. Faßt man den christ= lichen Glauben als göttlich vermittelte Thätigkeit, als göttlich gegebene Gewißheit und Tugend, dann allerdings kann er nicht Werk der philosophirenden Vernunft (allein) seyn, da diese nur menschliche Gewißheit zu gewähren vermag, weil sie nicht göttlich und absolut unfehlbar ist. Daß aber die Vernunft und Wissenschaft durch Prüfung der Offenbarung menschlich gewisse Erkenntniß und einen dieser entsprechenden Glauben an die Göttlichkeit einer wirklich göttlichen Offenbarung, und also per= sönliche Ueberzeugung davon erringen könne, dürfte kein genü= gender Grund da seyn, in Abrede zu stellen. Insbesondere dürfte da keine Berechtigung seyn, die Möglichkeit einer solchen Erkenntniß in Abrede zu stellen, wo man einmal die Thatsäch= lichkeit der göttlichen Offenbarung wenigstens im Glauben fest= hält, und wo man andererseits die Möglichkeit einer Erkennt= niß Gottes durch die Offenbarung der Natur annimmt oder zugibt. Die geschichtliche unmittelbare Offenbarung Gottes muß man doch an sich (abgesehen von besonderen Umständen) noch eher zu prüfen und zu erkennen vermögen als die jeden= falls viel dunklere Offenbarung Gottes in und durch die Na= tur! Wozu wäre denn eine unmittelbare, besondere Offenba= rung nütze, wenn sie doch wiederum einzig nur durch das Wun= der einer unmittelbaren inneren Erleuchtung zur Erkenntniß oder wenigstens Annahme (wenn auch einer unverstandenen) kommen soll? Da wäre es doch einfacher, wäre ohne nutzlose Veranstaltungen und Umwege, wenn gleich jeglicher unmittelbar, ohne äußere Offenbarung innerlich erleuchtet würde! Es scheint

demnach der Natur der Sache und der Natur der menschlichen
Vernunft gemäß, daß, wenn einmal eine göttliche Offenbarung
gegeben ist, sie auch wirklich von der menschlichen Vernunft als
solche erkannt werde. Selbst abgesehen indeß hievon, ist doch
jedenfalls, wie schon bemerkt, gewiß, daß die Mitwirkung, wie
des menschlichen Willens, so der Vernunft durchaus nothwendig ist zum Glauben; daher auch Prüfung und Urtheil von
Seite des Menschen ebenso nothwendig erscheint, wie göttliche
Gnade. Keinen Falls kann dieß Moment durch Auctorität oder
Gnade ersetzt werden, auch nicht durch besonders angeordnete
Gnadenmittel, da für die Wirksamkeit dieser als Grundbedingung der Glaube gilt, dieser also schon da seyn muß, ehe jene
wirken können.

Auch die Ansicht scheint uns nicht als richtig gelten zu
können, daß durch wissenschaftliche Erkenntniß der göttlichen
Offenbarung, als Thatsache und ihrem Inhalte nach, das Verdienst des Glaubens aufgehoben würde; — eine Behauptung,
die freilich schon alt und allgemein ist, und die noch jetzt der
Philosophie ihre Selbstständigkeit, Freiheit vielfach beeinträchtigt (wenigstens in Bezug auf ihr Object) selbst bei solchen,
die sonst principiell für dieselbe sind. Der Mensch wäre in
der That ein sonderbares Werk der Schöpfung, wenn bei ihm
Eine Vollkommenheit die andere aufheben könnte oder müßte.
Die Erkenntniß, das Wissen ist doch eine Vollkommenheit gegenüber der Unkenntniß, der Unwissenheit! Soll nun diese
Vollkommenheit die Vollkommenheit und damit das Verdienst
des Glaubens aufheben, und soll dieß Verdienst nur mit Unkenntniß vereint bestehen können? Dieß ist von Vorne herein
schon nicht wahrscheinlich. Wenn übrigens der Glaube ein gött-
liches Moment in sich birgt, so kann dieß ohnehin weder durch
Unkenntniß erhöht, noch durch Erkennen und Wissen beseitigt

und erseßt werden. Gebrauch der Vernunft kann darum un=
möglich das Verdienst des Glaubens schmälern, und Unwissen=
heit, Unkenntniß unmöglich dasselbe erhöhen. Im Gegentheil
erscheint es sogleich naturgemäß, daß der Vernunftgebrauch den
Glauben zum wahrhaft vernünftigen macht und sein Verdienst
erhöht, Unkenntniß und Urtheilslosigkeit aber denselben unvoll=
kommen läßt. Und welch' ein Verdienst könnte es dann seyn,
ohne Vernunftgebrauch, Urtheil und Erkenntniß, also blindlings,
irgend Thatsachen und Lehren als göttliche Offenbarung anzu=
nehmen? Unmöglich ein großes, oder auch nur irgend eines!
Denn selbst wenn diese Annahme, dieser Glaube einer wirklich
göttlichen Offenbarung gälte, so könnte das kein Verdienst seyn,
denn es wäre nur zufällig die wahrhaft göttliche Offenbarung
als solche angenommen, es hätte gerade so gut bei solch' ur=
theilslosem Verfahren eine falsche als wahr angenommen wer=
den können! Würde man hiegegen sagen, daß die wahre Of=
fenbarung durch innerlich wirkende Gnade oder Erleuchtung
erkannt und ergriffen werde im Glauben, so wäre auch da kein
Verdienst des Glaubens vorhanden, da ein Geschenk, das man
erhält, kein Verdienst begründen kann, sondern allenfalls nur
durch ein solches veranlaßt seyn mag. Zudem käme auch hiebei
der Glaube, wenn auch nicht als Zufall, so doch nur als Ge=
schick, als Erfüllung einer Vorbestimmung über den Menschen,
dem derselbe sich nur passiv ergeben könnte; und zwar ohne
Einsicht, in blindem Geschehenlassen. Blinder Glaube, daß
Gott rede oder sich offenbare, ohne bestimmte Kriterien und
Ueberzeugungsgründe, kann sicher kein großes Verdienst seyn;
ich möchte eher ein Mißverdienst darin erblicken, in sofern er
blind ist; wenigstens ist die blinde, urtheilslose Annahme von That=
sachen und Ansichten als göttlicher, der Hauptgrund der vielfälti=
gen Täuschungen hierüber und des falschen Glaubens, der Hingabe

4 *

an vermeintliche Offenbarungen; und begründet, ermöglicht demnach die falschen Religionen.

Gewöhnlich wird freilich behauptet, der Glaube an die göttliche Offenbarung als Thatsache, der Glaube, daß Gott rede und sich offenbare, dürfe allerdings nicht ohne Vernunfterkenntniß, nicht ohne Prüfung und Urtheil erfolgen. Steht dagegen dieß einmal fest, dann müsse man glauben auch ohne Prüfung und ohne Erkenntniß, selbst gegen das Zeugniß der Sinne und der Vernunft; wolle man dieß nicht, sondern nur das annehmen, was man einsehe, so habe man kein Verdienst des Glaubens; ja man hege da gleichsam Mißtrauen gegen Gottes Wahrhaftigkeit, indem man das Fürwahrhalten des Geoffenbarten erst von der eignen Prüfung und Erkenntniß abhängig mache. — An sich ist dieß wohl nicht unrichtig; denn das, von dem wir einmal gewiß wissen, daß es Gott selber geoffenbaret habe, müssen wir allerdings unbedingt für wahr halten, auch ohne Erkenntniß und Einsicht; denn der göttlichen Vernunft und Wahrhaftigkeit dürfen wir unter allen Umständen mehr vertrauen, als unserer eignen Vernunft und der Wahrhaftigkeit unserer Natur; und eine zuverlässigere Gewähr oder Bürgschaft der Gewißheit und Wahrheit gibt es nicht, als die göttliche Wahrheit selber. Einsicht in die Wahrheit ist damit freilich dem Menschen noch nicht gegeben, denn diese kann nur von ihm selber ausgehen oder errungen werden. Indeß abgesehen davon daß, wie wir sahen, die Prüfung der Thatsache der göttlichen Offenbarung nicht möglich ist, ohne gleichzeitige Prüfung und Erkenntniß des Inhalts, — und angenommen, daß wirklich die Göttlichkeit der Thatsache festgestellt werde ohne näheres Eingehen auf den Inhalt, müssen wir doch, auf das Verdienst des Glaubens zurückkommend, sagen, daß auch hier dasselbe durch Forschung und Erkenntniß keineswegs gemindert

werden soll oder muß. Das Erkennen nämlich schließt noch
kein Mißtrauen in sich, sondern ist nur eine Bethätigung der
Vernunft und des Strebens nach Wahrheit; und Unerkanntes
und Unbegreifliches bleibt für den Menschen, wie in allen Ge=
bieten des Daseyns, so insbesondere in diesem noch immer satt=
sam übrig, so daß er nie, auch bei der höchsten Erkenntniß
nicht, in Besorgniß zu seyn braucht, es möchte ihm an Unbe=
griffenem, als Object des Glaubens und seiner Verdienstlichkeit
fehlen! Zudem kann das Verdienst des Glaubens an das Ge=
offenbarte, wenn einmal gewiß ist, daß Gott selber die Wahr=
heiten geoffenbart, unmöglich als sehr hoch angeschlagen wer=
den; denn das Fürwahrhalten versteht sich ohnehin ganz von
selber, wenn man einmal die göttliche Auctorität anerkannt hat.
Welch' großes Verdienst soll es denn seyn, wenn man das,
was man als von Gott selbst geoffenbart annimmt, nun auch
für wahr hält, wenn man zugibt und annimmt, daß Gott keine
Unwahrheit geoffenbart oder gesprochen habe! Sicher kann es
ja doch kein großes Verdienst seyn, wenn der Mensch Gott für
keinen Lügner hält, kein großes Verdienst, wenn er nur
keine Blasphemie begeht! Es könnte also hier nicht einmal
ein großes Verdienst geschmälert werden, wenn wirklich Be=
thätigung der Vernunft das Verdienst bloßen Glaubens min=
dern könnte. — Das Verdienst des Glaubens soll durchaus
nicht in Abrede gestellt werden, aber es besteht doch sicher in
etwas Anderem, als in blindem, prüfungslosem Anneh=
men einer Offenbarung und Auctorität als göttlicher, weil
sie sich als solche ankündigt! Und besteht ebenso wenig in ur=
theilslosem Fürwahrhalten dessen, was Gott geoffenbart hat, da
es zunächst doch in theoretischer Beziehung für Vernunft und
Erkenntniß gegeben ist, Unthätigkeit der Vernunft, und demzu=
folge Unkenntniß also unmöglich hier ein Verdienst seyn, oder

ein solches begründen oder vermehren kann! Das Verdienst
des Glaubens besteht daher wohl in etwas Anderem, besteht in
practischen Momenten, welche die Gesinnung, das Gemüth und
den Willen betreffen; besteht in der Tiefe und Innigkeit der
Hingabe an die göttliche Auctorität und Wahrheit, in dem Ver=
trauen, das sich in allen Verhältnissen des Lebens bewährt, und
in dem Ernst, der im practischen Willensstreben mit der Wahr=
heit gemacht wird; Momente, die alle durch theoretische For=
schung und Erkenntniß nicht gemindert, sondern durch Vernunft=
thätigkeit nur erhöht, erklärt und verdienstvoller gemacht werden.

So viel also ist gewiß, daß die wissenschaftliche Prüfung
der Thatsache (factum) der Offenbarung, ob sie wirklich gött=
liche Offenbarung sey, frei seyn muß, und nicht unter der Ge=
walt und Auctorität der Offenbarung und des Glaubens selbst
stehen kann, da diese selbst erst Gegenstand der Prüfung seyn
soll, ob sie wirklich als eine göttliche Anerkennung und demzu=
folge Unterwerfung verdiene. Diese Prüfung kann sich also
nicht an der Glaubensauctorität selbst orientiren, wenn sie eine
unbefangene, ernsthafte seyn und nicht das schon voraussetzen
will als gewiß, was erst bewiesen werden soll. Nicht durch
Gehorsam und Unterwerfung, sondern nur durch wissenschaft=
liche Mittel kann diese Prüfung angestellt und der Beweis ge=
führt werden. Ohne Gebrauch der Vernunft wäre ja auch der
geleistete Gehorsam kein vernünftiger und verdienstlicher, und
könnte die christliche Wahrheit nicht eigentlich Wurzel schlagen
in der Menschenseele, denn das ist nur durch Vernunftgebrauch,
nicht durch blindes Hingeben und Unterwerfen möglich; hiedurch
bliebe vielmehr der Glaube ein bloß äußerliches, bewußtloses
und aufgedrungenes Annehmen. Ohne freie Prüfung der Ver=
nunft könnte daher die Glaubensauctorität selbst keine wahre,
begründete und verdienstvolle Anerkennung finden, da blindes,

bewußtloses Thun unmöglich vernünftig und verdienstvoll seyn
kann, weil auch der Wille, wenn er wirklich frei sich bethätigen
soll, die Vernunft als Führerin haben und im Lichte der Er=
kenntniß wirken muß. Es könnten sonst seine Richtung und seine
Acte nur als Zufall oder Schicksal und Zwang über ihn kom=
men oder ihm aufgedrungen werden, ohne seine eigene That zu
seyn. Würden wir doch schon Jemanden unverständig nennen,
der in den gewöhnlichen Dingen des Lebens sich blindlings, ohne
Prüfung und Urtheil, an die nächste beste Behauptung oder
Zumuthung hingeben und auf den Gebrauch der hohen Gabe
der Erkenntnißkraft verzichten würde; und würden dieß jeden=
falls dem Mündigen als Mißverdienst zurechnen, wenn wir es
auch dem noch Unmündigen zu Gute halten könnten! Um wie
viel mehr ist da sorgfältiger Gebrauch der schönsten Gabe des
Schöpfers, der Vernunft, nicht bloß erlaubt, sondern nothwen=
dig und geboten, wo es sich um die höchsten Angelegenheiten,
um die höchsten Wahrheiten, um Göttlichkeit oder Ungöttlichkeit
einer historischen Thatsache handelt! Und wenn schon jede
menschliche Vernunft zu freier, unbefangener Prüfung berechtigt
und aufgefordert ist, damit Wahrheit und Unwahrheit, Gött=
lichkeit und Ungöttlichkeit, wahre und falsche Auctorität von
einander unterschieden, und nicht urtheilslos, und darum auch
verdienstlos und ohne Unterschied nach Zufall oder Verhängniß
hingenommen wird, — um wie viel mehr ist die eigentliche
Wissenschaft der Vernunft, die Philosophie, welche die höchste
Mündigkeit in diesem Gebiete repräsentirt, nicht bloß berechtigt,
sondern aufgefordert zu freier, unbefangener Prüfung, damit
der Wahn vom wahren Glauben richtig unterschieden, und der
Glaube, die Annahme der Wahrheit selbst als vernünftiger,
und darum wahrhaft freier und verdienstlicher Act erscheine!

3. Damit ist eigentlich auch schon der Einwendung begeg=

net, der man zu Ungunsten der Freiheit der Forschung großes
Gewicht beizulegen so geneigt zu seyn pflegt, daß nämlich die
christliche Offenbarung mit ihren Wahrheiten und ihren Heili=
gungsmitteln ein zu hohes, wichtiges Gut sey, als daß man
dieselbe beliebigen Prüfungen und Angriffen aussetzen, und ihre
Geltung und Anwendung erst von dem Resultate der Forschung
abhängig machen könnte; und daß sie darum als Heilswahrhei=
ten, von denen ewiges Wohl oder Wehe abhänge, durchaus
unantastbar seyn müssen. An sich, und theoretisch mag dieß
wohl richtig seyn, — wie die menschlichen Verhältnisse aber ein=
mal sind, ist oft die ausgemachteste Wahrheit nicht ohne Wei=
ters anwendbar. Es ist nämlich dabei zu bedenken, daß vor
der Prüfung, insbesondere vor der wissenschaftlichen Prüfung,
für die Wissenschaft die christliche Offenbarung als die wahr=
haft göttliche noch nicht bestehen kann, sondern nur als ein
Problem der Forschung gelten darf, — wenn man nicht durch eine
petitio principii die ganze Untersuchung nutzlos machen will.
Und eben deßwegen muß der christlichen, wie jeder andern Re=
ligion gegenüber durchaus freie, unbefangene Prüfung stattfin=
den durch eine Forschung, deren Resultate sich nach den Ge=
setzen des Erkennens ergeben müssen, und nicht als blos er=
zwungene, befohlene oder gewünschte erscheinen; die also in der
That als wissenschaftlich errungene Wahrheiten gelten können.
Ohne diese Freiheit wird das Resultat der Forschung sich stets
nur nach den herrschenden Auctoritäten oder Gewalten richten;
und wie der Christ die Wahrheit der christlichen Offenbarung
als Resultat gewinnt, so wird der Muhamedaner die Wahrheit
des Muhamedanismus als solches gewinnen, der Jude die des
Judaismus und so fort. Die Wissenschaft wäre in dieser Be=
ziehung nur mehr unterwürfige, gehorsame Magd, die nach
Befehl wirken, und sophistisch um Gunst zu buhlen sich herge=

ben oder vielmehr dazu gezwungen würde. Uebrigens geht die wahre Wissenschaft nie auf bloß angreifende Kritik und absichtliche, böswillige Zerstörung bestehender Ueberzeugungen aus, sondern nur auf Prüfung derselben; und nicht in willkürlicher Weise, sondern rein nur nach den Gesetzen der Wissenschaft, wie früher schon ausgeführt wurde. Prüfung aber ist nun einmal durchaus nothwendig, das ist ein Geschick der Menschheit, das sich nicht abwenden läßt; das aber zugleich Würde und Werth derselben begründet, da sie dadurch in Stande ist, selbstthätig Wahrheit und Unwahrheit von einander zu unterscheiden und dem Schicksal entgehen kann, in blindem Wahn gefühl= und urtheilslos fortzuleben. Ein je höheres Gut daher die Wahrheit ist, insbesondere die christliche Wahrheit, um so mehr ist Prüfung nothwendig um sie zu erkennen, selbstthätig sich dieselbe anzueignen und ihren Vorzug vor Irrthum und Unwahrheit schätzen zu lernen; und zudem, je fester und überzeugter der Glaube ist von der christlichen Wahrheit insbesondere, um so vertrauensvoller, entschiedener wird er sie der Prüfung hinge= ben, in der sicheren Hoffnung, daß sie vor ihr bestehen und durch sie gewinnen werde. Und in dem Maaße, als die ein= gehendste Forschung die Wahrheit prüft und begründend bestät= tigt, um so mehr wird sie vor Verdächtigung und Zerstörung gesichert seyn, der sie bei geistig Unmündigen, die selbst nicht zu denken und zu urtheilen, und darum in ihrer Ueberzeugung sich nicht selbst zu schützen wissen, ausgesetzt ist. Sicher ist es der Wahrheit würdiger in freier Prüfung erkannt, und in kla= rer, sich selbst verstehender Ueberzeugung festgehalten zu werden, als des Schutzes durch geistige Bindung und Gewalt zu be= dürfen, und dem Verdachte ausgesetzt zu seyn, daß sie nur durch Unkenntniß und Gedankenlosigkeit als Wahrheit gelte und be= stehe, in ihrer Existenz auf Ignoranz beruhe, und nur darum

als solche angenommen und bewahrt werde, weil die Glauben-
den nichts Anderes sehen und hören können. Wenn eine solche
Behütung in manchen Verhältnissen auch wohl pädagogisch
geboten seyn mag, so darf doch ein solcher Zustand nicht
grundsätzlich festgehalten und als normal und vollkommen
angesehen werden, da geistige Unmündigkeit nie als Zustand
der Vollkommenheit gelten kann. Insbesondere hat die Wissenschaft ja gerade die Aufgabe dieselbe zu beseitigen, und für sie
können daher solche Grundsätze am wenigsten maßgebend seyn.
Denn ohne Erkenntnißthätigkeit des Einzelnen, und ohne fort-
währende Erforschung und Prüfung durch die Wissenschaft
wäre nur ein unbestimmtes, stumpfes Annehmen und Festhalten
der Offenbarung im Glauben möglich, und dadurch würde einerseits der Geist in beständiger Unmündigkeit bleiben und nicht
durch klar erkannte Wahrheit mündig und frei werden; andererseits wäre die Wahrheit selbst nur als todter Buchstabe und
todter Besitz festgehalten, und gliche einem Schatz, der zwar
unter den Habseligkeiten festgehalten, aber nicht gekannt würde.
Die Wahrheit der Offenbarung selbst erhält daher ihre volle
Bedeutung und ihren vollen Werth erst durch bestimmte Erkenntnißthätigkeit und durch das Verständniß, nicht durch das
bloße Annehmen und Festhalten.

Wenn man die Frage stellt: Soll es erlaubt seyn jeden
Augenblick den kostbarsten Besitz, die göttliche Gabe der Wahrheit und des Heiles durch Prüfung in Frage zu stellen, durch
Bedenken und Zweifel, die man nicht unterdrückt, sondern denen man nachgibt, sich und Andere zu stören und zu verwirren
im sicheren Besitze? so läßt sich sogleich entgegen fragen, soll
es verboten seyn, die höchste Kraft des Menschengeistes, die
Vernunft, zu gebrauchen und sich der Wahrheit durch jene Geistesthätigkeit zu bemächtigen, durch die sie allein als Wahrheit

erscheint und Geltung erhält, durch Erkenntnißthätigkeit? Und
soll in Betreff der Wahrheit nicht dieselbe Forderung gestellt
werden an die subjective Erkenntnißkraft, die man doch allent=
halben sonst an den Menschen stellt, selbst in Bezug auf Hei=
ligung und Gnade, nämlich die der subjectiven Mitwirkung
und Aneignung? Da wie die Gnade kein Verdienst und gutes
Werk begründen kann ohne subjective Mitwirkung bei dem zum
Bewußtseyn gekommenen Menschen, — so wohl auch die Wahrheit
nicht wahrhaft für ihn existirt und Bedeutung hat ohne freie,
selbstthätige Annahme und Aneignung durch jenes geistige Or=
gan, das dazu bestimmt ist d. h. durch die Erkenntnißkraft!
Nehmen wir an, es würde in Bezug auf die Glaubenswahr=
heiten auf alles Denken und eigne Forschen verzichtet, um nur
zu glauben, und dadurch, wie man meint, das volle Glaubensver=
dienst zu haben, und es würden demnach auch alle Bedenken und
Zweifel nicht durch Untersuchung gelöst, sondern, wie man
häufig fordert, unterdrückt, um den Glauben nicht stören
zu lassen, würde dadurch, abgesehen von allem geistigen Still=
stand in der Entwicklung und Vervollkommnung der Erkennt=
niß, abgesehen also von der Hemmung im historischen Fort=
schritt, — würde dadurch auch nur der innere Friede, die
Innigkeit und Festigkeit der Ueberzeugung und überhaupt die
Gesundheit der Seele bewahrt? Sicher nicht, sondern die Krank=
heit würde sich im Geheimen nur gefährlicher und tückischer
vorbereiten und endlich so ausbrechen, daß Heilung schwer oder
unmöglich würde. Besser ist es daher, wenn die Bedenken und
Zweifel hervortreten, und durch eigne oder fremde Prüfung
untersucht, und wo möglich widerlegt und gehoben werden. Zu=
dem sind ja diese Bedenken und Zweifel nicht (wenigstens durch=
aus nicht immer) Zeichen von geistiger Krankheit, oder von
bösem Willen, oder von Widerwillen oder Gleichgültigkeit gegen

die Wahrheit; sondern sie können ganz wohl auch aus dem
Wahrheitsgefühl, aus dem Verlangen nach Erkenntniß der
Wahrheit, also aus Wahrheitsliebe hervorgehen, die sich in die=
ser Form bei dieser so großen Unvollkommenheit menschlicher
Dinge ganz wohl zu äußern das Recht hat, da stumpfe Gleich=
gültigkeit (und Zweifellosigkeit) auch hier der Unwahrheit weit
mehr zu Gute käme als der Wahrheit. Indem wir allenthal=
ben sehen, wie Menschen und Völker gerade in den höchsten
Angelegenheiten in so großen und mannichfachen Irrthümern
befangen sind, sollen wir da nicht auch unsere eigne Ueber=
zeugung unbefangen prüfen dürfen, ob sie nicht vielleicht we=
nigstens theilweise an dem so allgemeinen menschlichen Geschicke
des Irrthums leide? Und sollen wir zu diesem Behufe nicht
die Kraft unbefangen anwenden, die der Schöpfer uns zur
Prüfung und Unterscheidung von Wahrheit und Unwahrheit
gegeben hat, die Vernunft nämlich? Und um so mehr, da
wir in dem Maaße, als wir erhobene Bedenken durch Erkennt=
nißthätigkeit und Wissenschaft überwinden, uns auch der Hoff=
nung hingeben dürfen, Andere zur Wahrheit unserer eigenen
Ueberzeugung zu führen und den Irrthum bei ihnen zu ver=
scheuchen, — der unbesieglich erscheint, solange wir nur die eigne
Glaubensüberzeugung, nicht aber objective Gründe ihm entge=
gen stellen? Und welch' ein Zustand müßte endlich in der
Menschheit, müßte bei dem Volke entstehen, bei welchem alle
Bedenken und Zweifel entweder von jedem Einzelnen innerlich,
oder auch durch Gewalt und Zwang äußerlich gehemmt und
unterdrückt würden! Nicht bloß die Erkenntniß und Wissen=
schaft in Betreff der Glaubenswahrheiten würde gehindert,
würde unmöglich gemacht, sondern auch in Betreff der übrigen
Wissensgebiete würde die Forschung in aller Weise gehemmt
und freier wissenschaftlicher Aufschwung unmöglich. Wie dieß

der Astronomie gegenüber früher der Fall war, ist bekannt; wie es in Betreff der Psychologie theilweise jetzt noch gilt, ward früher schon erwähnt. Aber auch die übrigen Disciplinen der Naturwissenschaft könnten nicht frei sich entfalten, wenn jede Besorgniß, jedes Bedenken in Betreff des Glaubens entweder innerlich von der Forschung abschreckte oder bestimmend darauf einwirkte, oder äußerlich als Hemmniß oder Veto geltend ge= macht werden könnte. Selbst Physik und Chemie, wie gleich= falls schon angedeutet wurde, blieben davon nicht verschont, und noch weniger wäre ein wissenschaftlicher Aufschwung und Fort= schritt in den Wissenschaften des Geistes möglich.

Man kann oft hören, es sey eine Anmaßung der mensch= lichen Vernunft, sich der göttlichen Auctorität und Offenbarung nicht unbedingt unterwerfen, sondern erst die Wahrheit dersel= ben prüfen zu wollen, als ob menschliche Vernunft mehr Si= cherheit und Wahrheit gewähren könnte, als die göttliche! Al= lein dieß ist leere Declamation. Die menschliche Vernunft will in der Wissenschaft von den höheren Wahrheiten so wenig über göttliche Auctorität sich erheben und ihr Mißtrauen zeigen, daß sie vielmehr einzig darauf ausgeht bei all' ihrer Forschung, nur göttliche Auctorität und deren Wahrheit anzuerkennen und ihr sich zu unterwerfen, und keiner andern; denn nur in der gött= lichen Vernunft und Wahrheit findet die menschliche Vernunft Erfüllung, Friede und Seligkeit. Und damit sie nun nicht irgend einer andern, einer falschen Auctorität und dem Irr= thume sich unterwerfe, muß die Vernunft des Menschen und die Vernunft der Menschheit fort und fort thätig seyn, um in der Prüfung und Erkenntniß fortzuschreiten und immer mehr einzig der göttlichen Wahrheit ihre Huldigung bringen und den Irrthum abweisen zu können. Und da in der Geschichte der Menschheit gar viele Auctoritäten als wahrhafte, göttliche sich

geltend zu machen suchen, und im Glauben der Menschen auch
Anerkennung finden, Auctoritäten, die einander feindlich sind,
sich widersprechen, und daher unmöglich alle göttlich seyn kön=
nen, — so drängt sich beständig die Forderung der genauen Prü=
fung auf, ob es wirklich eine göttliche Offenbarung und Aucto=
rität in der Geschichte gebe und welches diese sey, damit nicht
die Vernunft sich einer falschen unterwerfe und einem Wahne
diene. Die Aufgabe der vernünftigen, wissenschaftlichen Prüfung
der Thatsache der Offenbarung und Auctorität bleibt also stets
für die Wissenschaft, und kann ihr nie entzogen werden, auch
wenn sie sich der göttlichen Auctorität zu unterwerfen noch so
bereitwillig ist. Und da nun die übrigen Kriterien, wie wir
sahen, ohne Berücksichtigung des Inhalts der Offenbarung zur
entsprechenden Prüfung nicht hinreichen, sondern dieser stets
auch mit in Betracht gezogen werden muß, so kann von der
Wissenschaft (Philosophie) nie von vorne herein eine unbedingte
Unterwerfung unter die Offenbarung gefordert oder geleistet
werden, weder in Bezug auf das Factum, noch in Bezug auf
den Inhalt, da beides zusammen erst in der Prüfung für die
Vernunft und deren Wissenschaft sich bewähren muß. Also
kann man nicht unbedingte Unterwerfung und Annahme in
Betreff der Glaubenswahrheiten von der Philosophie fordern,
wenn einmal zugegeben ist — wie es nicht anders seyn kann,
— daß das Factum der Offenbarung einer Prüfung zu unter=
ziehen sey. Da nicht zu entscheiden ist, daß es eine gött=
liche Offenbarung gebe und dieß die christliche sey, ohne das
Was, den Inhalt, in Betracht zu ziehen, so ist bloße Unter=
werfung in keinem Falle zulässig. Und sowie für die Philo=
sophie im Laufe der Zeiten stets neu, nach den eigenthümlichen
Verhältnissen und sonstigen Fortschritten, die Aufgabe besteht,
das Factum der christlichen Offenbarung zu prüfen, so müssen

auch die Glaubenswahrheiten stets wieder der Gegenstand freier,
philosophischer Prüfung seyn, da ohne diese auch die Lösung
jener Aufgabe nicht möglich ist. Stets neu aber muß darum
die Prüfung der Göttlichkeit der schon in der Menschheit be=
stehenden und anerkannten Offenbarung angestellt werden, weil
in der Wissenschaft keine andere Auctorität gilt, als Gründe
und Beweise; daher müssen auch die schon erkannten Gründe
stets neu untersucht und als solche von der Forschung aner=
kannt werden, wenn sie Geltung haben sollen; und deßhalb
kann nicht die wissenschaftliche Prüfung und Lösung einer frü=
heren Zeit und früherer Forscher ohne Weiters als stets gel=
tende, fir und fertige Lösung überliefert und zur Anerkennung
gebracht oder aufgedrungen werden. Denn wissenschaftliche Be=
weise und Begründungen, seyen sie an sich auch noch so streng
und schlagend, lassen sich nicht als bloßes Traditionsgut von
Hand zu Hand geben, ohne durch neues Denken und Nachcon=
struiren ihre Beweiskraft bewährt zu haben. Daher ist es nicht
möglich und hat keinen Sinn, Beweise der Vorzeit z. B. der
Kirchenlehrer und Scholastiker schon deßwegen als gültig zu
behaupten, weil sie einmal als solche aufgestellt wurden und
gegolten hatten; denn an Beweise läßt sich, der Natur der
Sache gemäß, nicht glauben, sondern sie müssen eben das Wis=
sen begründen. Daher ist es auch durchaus eine Verkehrtheit,
die Beweise, die früher galten, der späteren Zeit wie Glau=
bensartikel aufzubringen und durch Auctorität und Befehl zur
Geltung bringen zu wollen; denn in diesem Falle beweisen sie
eben nichts mehr, haben darum auch keine Bedeutung, und ver=
anlassen nur Scheinwissen und Heuchelei in der Wissenschaft.
Eben darum müssen auch für die Gründe und Beweise fort=
während, selbst wenn sie auch an sich die gleichen bleiben, Mo=
dificationen als nothwendig und zulässig anerkannt werden,

den eigenthümlichen Bedürfnissen und Fort = oder Rückschritten der Zeiten gemäß. Es kann sehr wohl, abgesehen davon, daß ohnehin nach immer tieferer Gründlichkeit des Beweisens zu streben ist, für die Eine Zeit als Beweis gelten d. h. Ueberzeugung wirken, was für die andere unter veränderten Verhältnissen nicht mehr beweisend und überzeugend wirkt; und es kann für die Eine Zeit ein Beweis oder eine Begründung in einer Form beweisend seyn, in welcher er es in der andern nicht mehr ist, und darum der Modification bedarf. So muß demnach zugegeben werden, daß die Prüfung des Christenthums, und der Versuch des Beweises für die Göttlichkeit desselben selbst immer fortschreiten muß in der Vervollkommnung der Methode und Begründung, damit er immer tiefer, allseitiger, gründlicher geführt werde, mit den Zeitansichten und den wissenschaftlichen Resultaten in den übrigen Gebieten menschlicher Forschung sich auseinander setzend, um dem Zeitbewußtseyn zugänglich und für dasselbe hinwiederum bestimmend zu werden. Die Philosophie kann also, wie die Prüfung der Thatsache des Christenthums, so auch die des Inhalts desselben nie als beendigt, als abgeschlossen betrachten und aufgeben, um nun den fertigen Beweis blos als Tradition zu bewahren, und den folgenden Geschlechtern als solchen aufzubringen; sondern die wissenschaftliche Untersuchung muß stets, so zu sagen, im Fluß erhalten, und daher der Neubildung und Vervollkommnung zugänglich bleiben. Und nie und in keiner Beziehung kann sich daher die Philosophie mit bloßer Annahme und Unterwerfung von Vorne herein begnügen, da dieß wider die Natur wissenschaftlicher Untersuchung ist; so wenig, als sie andererseits von Zweifel oder Opposition gegen das Christenthum sogleich ausgehen darf, weil auch dieß die Unbefangenheit der Forschung und den rein wissenschaftlichen Charakter derselben stören oder

aufheben würde. Von Unterwerfung unter die chriſtliche Auc=
torität und von Anerkennen und Fürwahrhalten der Glaubens=
ſätze kann und muß zwar die poſitive Theologie ihrer Natur
und Aufgabe gemäß ausgehen, nicht aber die Philoſophie; bei
dieſer iſt Anerkennung göttlicher Auctorität und Wahrheit des
Chriſtenthums allenfalls das Reſultat der freien Forſchung,
nicht aber beſtimmender Ausgangspunkt. Und auch als Reſul=
tat der philoſophiſchen Prüfung kann dieſe Anerkennung und
dieſer Glaube zunächſt nur für den Philoſophirenden, alſo
ſubjectiv gewonnen werden d. h. dieſer gewinnt nur das Recht
und die Pflicht ſich ſubjectiv der Auctorität und dem Glauben
hinzugeben, nicht aber die Philoſophie als ſolche, objectiv,
zu unterwerfen; ſo daß etwa von da an die Philoſophie (mit
den Piloſophirenden) nur noch als Unterworfene exiſtirte und
gleich in dieſem Zuſtand beginnen und ſich fortſetzen müßte.
Denn die Philoſophie kann und darf ſich nicht ſelbſt zerſtören,
und nicht durch Gewinnung eines Reſultates durch Einen Phi=
loſophirenden um ihr objectives Weſen, das die Freiheit noth=
wendig in ſich faßt, nunmehr gebracht werden. Wie das Reſul=
tat zuerſt nur durch freie Forſchung gewonnen wird, ſo muß es
fortwährend auf gleicher Grundlage ſelbſtſtändig gewonnen
werden, wenn es Bedeutung haben ſoll. Denn philoſophiſche
Beweiſe können nicht zur Glaubenstradition werden, ſondern
müſſen ſtets neu und ſelbſtſtändig errungen werden, wenn auch
freilich der einzelne Philoſoph ſehr beſtimmend für Andere, und
dadurch auch Epoche machend für die Philoſophie (objectiv)
werden kann. Er wird es aber nicht durch ſeine Perſon und
Auctorität, ſondern nur durch die auf der Baſis freier For=
ſchung ruhenden Beweiſe. Anerkennung und Hingabe an die
chriſtliche Offenbarung kann alſo in der Philoſophie nur als
Folge wirklicher Ueberzeugung durch wiſſenſchaftliche Forſchung

als nothwendig oder zuläſſig erſcheinen, da ohne dieſe Ueberzeugung Unterwerfung im Namen der Philoſophie nur als un-
wiſſenſchaftliche Heuchelei erſchiene und zur Corruption der
Wiſſenſchaft führen müßte, durch die ſie ſogar unfähig würde,
ernſtlich für das Chriſtenthum und die Wahrheit ſelbſt etwas
zu leiſten.

Endlich ſelbſt wenn wir davon abſehen, daß ſtets auch
der Inhalt in Betracht gezogen werden muß, wenn über das
Factum der göttlichen Offenbarung entſchieden werden ſoll, und
wenn wir, dieß Factum als feſtgeſtellt vorausſetzend, uns mehr
auf theologiſchen Standpunkt ſtellen, die Wahrheit der chriſtlichen Lehren als göttlich verbürgt und unumſtößlich gewiß annehmen und demgemäß nur Klarheit und Einſicht ſuchen in
Bezug auf dieſelben — ſelbſt da müſſen wir, wofern mit der
Wiſſenſchaft Ernſt gemacht werden ſoll, dieß Ziel durch freie,
ſelbſtſtändige d. h. nur ihren eigenen Geſetzen folgende Forſchung anſtreben. Und die poſitive Theologie ſelbſt wird in
dem Maaße ihren Zweck verfehlen, als ſie dieß außer Acht
läßt. Anſelm von Canterbury, der gewiß dem Glauben und
ſeiner Auctorität ſein volles Recht widerfahren läßt, wie ſchon
ſein Grundſatz „credo ut intelligam" zeigt, trägt dennoch kein
Bedenken, da, wo es ſich um wiſſenſchaftliche Unterſuchungen
handelt, nun auch vollen Ernſt damit zu machen; und von allen Berufungen auf Auctoritäten abſehend, will er einzig nur
Gründe und wiſſenſchaftliche Conſequenz geltend machen. Und
zwar verfährt er ſo gerade bei der Unterſuchung einer ganz
ſpecifiſch chriſtlichen Lehre, des Dogma's nämlich von der
Menſchwerdung des Logos; [1] denn er wußte wohl, daß mit

---

[1] In der Schrift: Cur Deus homo? ſpricht er ſich im Eingang über ſeine
wiſſenſchaftlichen Grundſätze aus. Er theilt das Werk in 2 Bücher und
gibt den Inhalt und die Methode ſo an: Quorum prior remoto Chri-

dem bloßen Schein eines wissenschaftlichen Verfahrens weder
der Wissenschaft noch dem Glauben und der Kirche gedient
sey. Gewiß, selbst die gläubigste Theologie kann der. selbstständigen Forschung, die nur wissenschaftliche Grundsätze zur Geltung bringt, nicht entbehren, wofern einmal anerkannt ist, daß
es nicht genüge, die Wahrheit nur durch Offenbarung zu em-
pfangen, im Glauben aufzunehmen und zu besitzen, sondern daß
sie erst ihre volle Bedeutung erhalte für den Menschen durch
Verständniß, durch Einsicht; wodurch sie aufhört für die Erkenntnißkraft ein unverstandenes oder sogar todtes Gut, ein
bloßes Wort für das Gedächtniß zu seyn, und der Stein der
Weisen nicht mehr unnütz ist, weil ihm etwa der Weise man-
gelt. Soll Klarheit und Einsicht in die christliche Wahrheit
gewonnen werden, so ist dieß nicht möglich dadurch, daß man
ein Dunkles durch ein anderes Dunkles, selbst noch Unerklär-
tes erklären und beweisen will, sondern dieß ist nur möglich
durch Anwendung unmittelbar gewisser, natürlicher Wahrheiten
nach wissenschaftlichen Gesetzen. Wiederum kann dann auch in
diesem (positiv theologischen) Gebiete die einmal gewonnene
Erklärung und Begründung nicht als gegeben, als fix und
fertiges Traditionsgut, das selbst unantastbar wäre, gleich den
Glaubenssätzen, überliefert werden, wie scholastische Eiferer
meinen; sondern die Wissenschaft muß auch da stets lebendig
bleiben, stets auf eigne Prüfung ausgehen — freilich mit Zu-
grundelegung und Benützung schon vorhandener wissenschaftlicher Leistungen. Denn wo dieß nicht mehr geschieht, da wird

---

sto (quasi nunquam aliquid fuerit de illo) probat rationibus neces-
sariis, esse impossibile ullum hominem salvari sine illo. — In se-
cundo autem libro similiter quasi nihil sciatur a Christo, monstratur
non minus aperta ratione et veritate ex necessitate omnia, quae cre-
dimus de Christo, fieri oportere."

5 *

Stillstand, Verdumpfung, Erstarrung eintreten, und damit
Rückschritt; so daß selbst der früher errungene Grad von Ein=
sicht, von Verständniß, nicht mehr bewahrt oder erreicht zu
werden vermag, weil dieß stets nur erreicht werden kann durch
forschende Richtung des Geistes auf das Erkenntnißobject selbst,
nicht aber durch bloße Aufnahme früherer wissenschaftlicher Lei=
stungen und durch unfruchtbare Streitigkeiten über das richtige
Verständniß dieser Leistungen; — während die Wahrheit selbst
mehr und mehr unbeachtet bleibt, wie die nachscholastische Zeit
ein so trauriges Beispiel liefert. — Die positive Theologie
soll übrigens nicht blos darum an selbstständiger wissenschaft=
licher Forschung festhalten, weil durch sie hauptsächlich Klarheit
der Glaubenssätze und Einsicht erreicht wird, sondern auch da=
rum, weil gerade hiedurch der Glaube und Glaubensinhalt an
Festigkeit, an Unerschütterlichkeit gewinnt, da er feste Haltpunkte
auch außerhalb des Gebietes des Glaubens erhält, und nicht blos
innerhalb desselben, wie die Glaubensauctorität einer ist, die selbst
ja nur so lange sichere Gewähr bietet, als der Glaube dauert.
Freilich nicht die innere und äußere Lebendigkeit des Glaubens
und nicht seine practische Bewährung kann die Wissenschaft geben,
wohl aber die Festigkeit, Unerschütterlichkeit des Besitzes der
Wahrheit kann durch wissenschaftliche Gründe gewonnen wer=
den. Der Glaube ohne Gründe und Erkenntniß ist der Erschüt=
terung ausgesetzt durch Wahn und Scheingründe, ungeachtet
des göttlichen Momentes in ihm, — wie allenthalben anerkannt
ist, da man ja gerade dadurch die Beschränkung oder Aufhe=
bung der freien Forschung rechtfertigen will. Der begründete
dagegen ist dieß in dem Maaße nicht, als er begründet ist;
und in dem Maaße bedarf er auch des Schutzes nicht und be=
darf es keines Zwanges, keiner Einschnürung wie keiner Furcht,
und ebenso wird in dem Maaße der Fanatismus unmöglicher

und die Toleranz verschiedenen Glaubensüberzeugungen gegen=
über ungefährlicher, sowohl was den Verlust der eigenen Ueber=
zeugung betrifft, als auch in Betreff der Gleichgültigkeit, in
welche sie so oft übergeht. [1] Die gewöhnlichen axiomatischen
Wahrheiten z. B. bedürfen keines Schutzes und sind vor An=
griffen und Erschütterung sicher, weil jeder Angriff vergeblich
wäre, und der Angreifer weit eher die gute Meinung der Men=
schen in Betreff seines gesunden Verstandes verlieren würde,
als die Wahrheit ihre Anerkennung. In dem Maaße nun als
andere Wahrheiten mit diesen unerschütterlichen Axiomen in
genauen Zusammenhang gebracht und durch sie begründet wer=
den, erhalten sie Antheil an dieser Unerschütterlichkeit. Dieß
gilt vom Inhalt des Glaubens und für die Theologie ebenso
gut, wie für andere Wahrheiten und für andere Wissenschaften.

4. Die Wissenschaft demnach — und in unserm Falle spe=
ciell die Philosophie — hat auch innerhalb des Christenthums
durchaus ein Recht auf. Freiheit und Selbstständigkeit selbst in
Bezug auf die Erforschung jener Wahrheiten, die den Inhalt
der Religion und insbesondere auch des Christenthums bilden.
Keine Macht und Auctorität kann ihr Grundprincip der Er=
kenntniß seyn, sondern nur einzig die Vernunft, und keine kann
ihr Gesetze vorschreiben, da diese in der menschlichen Natur
selbst gegeben sind, keine auch derselben ihre Methode und ihre
Principien bestimmen, denn darüber kann sie nur selbst ent=
scheiden; ebenso wenig endlich kann ihrer Forschung irgend ein
Erkentnißgegenstand willkürlich oder grundsätzlich entzogen, und
dadurch ihre Unabhängigkeit beeinträchtigt werden. Die Philo=
sophie muß demnach auch innerhalb des Christenthums und der
Kirche frei seyn in Bezug auf Princip, Methode und Gegen=
stand der Forschung.

---

[1] Vgl. hierüber mein Werk: „Einleitung in die Philosophie" ec. S. 78 ff.

Was das Object der philosophischen Wissenschaft betrifft, so hat sie in Bezug auf dieses theilweise eine Beschränkung selbst von solchen Theologen erfahren, die sonst ihre Selbstständigkeit der Theologie gegenüber zugeben und behaupten. Die Philosophie soll nur die eigentlich metaphysischen oder natürlichen Wahrheiten zu ihrem Objecte haben, nicht aber die specifisch christlichen Wahrheiten, insbesondere nicht die sogenannten Mysterien. Das wäre nun freilich wieder eine sehr bedeutende Beschränkung der freien Forschung, weil ihr Gebiet von andern Mächten abgegränzt und durch fremde Schranken beengt wäre; und so wäre auch die Selbstständigkeit, die Selbstbestimmung der Philosophie wiederum dahin. Die Philosophie hätte da eigentlich nicht einmal mehr das Recht zu entscheiden, welche Wahrheiten sie zu erkennen vermöge und welche nicht, sondern müßte sich dieß nur sagen oder befehlen lassen; denn sie soll ja die specifisch christlichen Lehren als Philosophie nicht untersuchen dürfen, könnte demnach gar nicht entscheiden, welche Lehren eigentlich übernatürlich und mysteriös seyen und welche nicht. Sie müßte da nur annehmen, was ihr gesagt oder aufgedrungen würde. Wir halten auch dieß mit der Freiheit der Philosophie für unvereinbar. Diese fordert, daß alle natürlichen und historischen Gegenstände wie Ansichten ihrer Forschung zugänglich und gestattet seyen, damit sie selbst entscheide, in wie weit sie erkennbar seyen, und wie weit nicht; denn dieses selbst soll auch nur mit wissenschaftlichen Mitteln entschieden werden. Die Nothwendigkeit bei der Prüfung der Thatsache des Christenthums auch den Inhalt desselben in Betracht zu ziehen gestattet ohnehin nicht, besondere Lehren auszuschließen, da sonst die Prüfung keine vollständige und entscheidende seyn könnte. Was die Unterscheidung von natürlichen und übernatürlichen Wahrheiten betrifft, so dürfte sie, wie schon oben erwähnt wurde, in der üblichen Weise nicht länger haltbar seyn. Uebernatürlich sind alle metaphysischen Wahrheiten dem Gegenstande nach, da sie ja das Uebernatürliche selber betreffen und die Beziehungen des Natürlichen zu demselben; die Untersuchung über Daseyn und Eigenschaften Gottes betrifft insofern so gut übernatürliche Wahrheiten, als die über die göttliche Trinität und die christliche Lehre von der Incarnation des Logos. Dagegen müssen auch alle Wahrheiten wiederum natürlich seyn, insofern sie für die menschliche Natur bestimmt sind, und daher ihr angemessen seyn werden, da sie sonst auch keine Bedeutung haben könnten für den Menschen. Richtig ist allerdings, daß die eigentlich metaphysischen Wahrheiten der Religion und des Christenthums (theilweise) einer andern wissenschaftlichen Behandlung fähig sind, als die specifisch christlichen Lehren, da jene größtentheils die Natur des Absoluten selber betreffen und aus der Idee desselben abzuleiten sind, während die christlichen Dogmen, welche Thatsachen und Heilsbestimmungen betreffen, auf göttliche, freie Willensacte zurückgeführt werden und daher nicht so strenger wissenschaftlicher Bestimmung fähig sind. Allein da wir das Wesen der Philosophie nicht in Construction a priori erblicken, und nicht das Erkenntnißobject selbst hervorbringen wollen in der Wissenschaft, sondern es nur in seinem Seyn und seinen wesentlichen objectiven Bestimmungen zu begreifen streben, so können auch solche christliche Lehren, die historische Thatsachen und Ordnungen betreffen, Gegenstand philosophischer Forschung seyn. Widrigenfalls müßte man ja auch auf alle Philosophie der Geschichte verzichten, da es sich hier doch auch um Thatsachen handelt, die größtentheils aus freien Willensacten hervorgehen; und auch die Entstehung, die Schöpfung der Welt selbst müßte die Philosophie zu untersuchen vermeiden, da sie auch als ein Werk göttlichen Willensactes gilt; es sey denn daß angenommen würde, dieselbe sey Product oder Erscheinung der göttlichen Natur, also mit dieser identisch, nicht aber Werk göttlichen Willens. Da kann alle Wissenschaft beständig fort= zuschreiten hat, da dieß eine der Hauptaufgaben der Menschen= geschichte ist, so kann nie mit voller Bestimmtheit vorausgesagt werden, welche christliche Lehren für immer dem Erkennen un= zugänglich bleiben werden und welche nicht, da oft unvermuthet die Wissenschaft eine Entdeckung macht oder eine Wendung nimmt, die früher Unbegreifliches zur Klarheit der Erkenntniß bringt oder wenigstens Begründung gewährt. Mehr oder we= niger unbegreiflich bleibt uns übrigens Alles, nicht bloß das Uebernatürliche, sondern auch das Natürliche; und nicht bles die Psychologie bietet Mysteriöses in Fülle, sondern auch die Naturwissenschaft selbst in der Physik, Chemie u. f. w. Die Philosophie kann darum nicht von Vorne herein einen Unter= schied zwischen natürlichen und übernatürlichen (unbegreiflichen) Wahrheiten machen, sondern alle Thatsachen und Lehren sind für sie Probleme, die sie unbefangen, ohne Vorurtheil wissen= schaftlich erörtert und zu lösen sucht, soweit ihr das immer ge= lingen mag. — Man hat die Besorgniß geäußert, es möchte die Philosophie, wenn sie auch specifisch christliche Lehren in den Umkreis ihrer Untersuchungen zöge und Erkenntniß gewänne, vergessen, woher diese Lehren stammen, daß sie nämlich über= natürlichen Ursprungs durch göttliche Offenbarung seyen, nicht aber durch menschliche Forschung errungen. Diese Besorgniß erscheint mir als gänzlich unbegründet; denn was befürchtet wird, geht ganz wider die Natur der Wissenschaft und kann schon darum nicht eintreten. Es wäre doch in der That son= derbar, wenn die Wissenschaft, die doch Alles nach Ursprung und Wesen so erkennen will, wie es sich wirklich verhält, weil darin gerade die Wahrheit der Erkenntniß liegt, hier bei den

christlichen Dogmen, den wahren Ursprung durch die Erforschung und Erkenntniß vergessen sollte, während sie sonst allenthalben darauf ausgeht, den wahren Ursprung zu ergründen,
zu erkennen! — Wir können demgemäß keine hinreichenden
Gründe finden, der philosophischen Forschung das Gebiet der
specifisch christlichen Lehren zu verschließen und die Freiheit derselben in dieser Weise zu beschränken.

Und wie in dieser Beziehung, so muß die Philosophie
auch frei seyn in Bezug auf Erkenntnißprincip und Methode. Der Glaube und seine Auctorität kann ihr weder jemals
selbst als Princip des Erkennens gelten, noch auch bestimmen
oder befehlen, welches das richtige philosophische Princip und
die wahre Methode sey.

Daß die Auctorität (des Glaubens) nicht Princip der Erkenntniß seyn könne, erhellt sogleich aus der Natur der Sache.
Sie wirkt nicht durch Gründe, Beweise und Aufklärung, sondern durch Behauptung und Gebot, durch Unterwerfung und
Hingebung. Dadurch aber wird offenbar keine Einsicht, keine
Klarheit und Erkenntniß erreicht; sondern allenfalls nur factische Annahme und Gewißheit. Wird doch zugestanden selbst
von den Theologen, daß sogar die unmittelbare göttliche Einwirkung auf den Menschengeist zum Behufe des Glaubens, ja
daß selbst die Inspiration nur Gewißheit (certitudo) und Zustimmung (assensus) wirke, nicht aber Klarheit (evidentia) und
Einsicht! Um wie viel weniger noch kann da die historische
Auctorität als wissenschaftliches Princip gelten, wodurch Klarheit, Einsicht, Begründung, Beweis erzielt werden könnte! Gewißheit und Wahrheit allerdings kann durch Auctorität gewährt
und erreicht werden, wie in so vielen andern Dingen so auch
in religiösen, Klarheit und Einsicht aber nicht, denn diese ist
nur durch wissenschaftliche Mittel und Thätigkeiten möglich.

Wenn das Volk den Astronomen glaubt, und auf ihre Auctorität hin gegen den Schein der Sinneswahrnehmung das Copernikanische System annimmt, so hat es wohl Wahrheit und
Gewißheit in dieser Beziehung, Klarheit aber und Einsicht
sicher nicht, denn diese kann nur durch eigene wissenschaftliche
Thätigkeit, durch Untersuchung der Sache selbst errungen werden. Und alle Zuverlässigkeit und Sicherheit der Gewähr lei-
stenden Auctorität ändert an diesen Verhältnissen nichts, da es
einmal der Natur der Sache gemäß nicht anders seyn kann;
denn durch die Auctorität wird dem Geiste allenfalls Bürgschaft der Wahrheit, aber keine Klarheit gegeben für seine Erkenntnißorgane, wie dieß dagegen durch unmittelbare innere
und äußere Erfahrung geschieht und durch die logischen Ope-
rationen bei dem vermittelten Erkennen. Und wie Auctorität
keine Klarheit, so gibt Unterwerfung und Gehorsam noch keine
Einsicht, keine selbstständige, mit Erkenntniß verbundene Ueberzeugung also kein wissenschaftlich begründetes Wissen. In keinem
Falle kann demnach die Auctorität als zwingende oder bestimmende Norm des Erkennens wirken wie etwa die Denkgesetze;
schon deßwegen nicht, weil sie etwas Aeußerliches ist und selbst
erst in Folge einer Prüfung als solche angenommen, zur Geltung gebracht werden kann und darf. Eben deßwegen kann
sie auch durchaus nicht als Princip des Erkennens gelten, wenn
doch unter Princip etwas unmittelbar Gewisses und Klares,
nicht selbst erst eines Beweises und einer Erklärung Bedür-
fendes zu verstehen seyn soll. Keine Auctorität ist unmittelbar
gewiß, sondern bedarf erst der Prüfung, der Erklärung, der
Begründung, kann also, dem gegebenen Begriffe eines Erkennt-
nißprincipes gemäß, nicht als Princip betrachtet werden, von dem
man als einem unmittelbar Gewissen und Klaren ausgehen und
Gebrauch machen könnte, um Anderes damit zu erklären und

zur Erkenntniß zu bringen. Demnach zeigt sich hier schon die gänzliche Nichtberechtigung und Falschheit der wunderlichen Zumuthung, Aucторität und Unterwerfung — ausgedrückt in dem Satze: philosophiam esse theologiae ancillam — müsse das Fundamentalprincip der Philosophie, der „Eckstein" (den die Bauleute bisher verworfen haben), werden; so daß also die Philosophie als geborene Sklavin sich durchaus auf Unterwerfung gründen, von dieser ausgehen, mit dieser enden müßte. [1]) Da wird ebenso mit dem Worte „Princip" ein sinnloses Spiel getrieben, als das unmittelbarste Naturrecht der Wissenschaft verletzt, welches verlangt, daß in derselben nur wissenschaftliche

---

[1]) Herrn Clemens ist „die Unterordnung der Vernunft unter den Glauben, der Philosophie unter die Theologie, wie er sagt, dergestalt ein Fundamentalprincip, daß „nach seiner Ueberzeugung jeder Versuch, auch der bestgemeinte, die Philosophie auf katholischen Boden zu restauriren, nothwendig scheitern und sich in Widersprüche mit den Grundsätzen und Glaubenslehren der Kirche verwickeln wird und muß, so lange dieß Princip nicht vollständig anerkannt und befolgt wird." („Die Wahrheit in dem von Hrn. Professor Kuhn in Tübingen angeregten Streite ꝛc." (Münster 1860) S. 58.—Herr Clemens stellt sich also auch in der Philosophie gleich von vorne herein auf den Standpunkt des christlichen und katholischen Glaubens, ohne wissenschaftliche Prüfung und Beweis, daß dieser Standpunkt der richtige sey. Nicht natürliche Evidenz und Erkenntniß ist ihm daher Princip weiterer Erkenntniß, sondern gläubige Unterwerfung; das Glauben ist ihm das Bestimmende des Wissens. Von einer eigentlichen Prüfung der Thatsache der Offenbarung kann da keine Rede mehr seyn. Ueberhaupt ist dieß ein unwissenschaftlicher, unphilosophischer Standpunkt; und jedenfalls ist da nur mehr positive Theologie, nicht aber Philosophie möglich. Das soll man lieber gleich sagen, nicht aber mit einer Scheinphilosophie die philosophischen Bestrebungen innerhalb der katholischen Kirche dem Verdachte und der Geringschätzung von Seite der Andern preisgeben! Wer auf dem Standpunkte kirchlichen, unbefangenen Glaubens beharren will, der möge es thun, wir rechten nicht mit ihm; aber für einen wissenschaftlichen soll er den nicht ausgeben. Der Satz: philosophiam esse theologiae ancillam könnte nur dann allenfalls als Princip bezeichnet werden, wenn er ein erklärtes Dogma, ein Glaubensartikel wäre. Aber selbst in diesem Falle wäre er wiederum nicht ein Princip der Philosophie, sondern nur der Theologie, für welche ja Glaubenssätze nur Principien seyn können. Herrn Clemens Behauptung hat darum in keinem Falle Sinn und Berechtigung.

Mittel angewendet werden und keine andern; und dessen Verletzung durch Befehl, Gewalt und Willkür, und dem entspre-
chend durch Unterwerfung und Gehorsam, selbst im günstigsten
Falle die Corruption, den Verfall der Wissenschaft zur Folge
hat, weil die Unbefangenheit, die Strenge und die wissenschaftliche Gewissenhaftigkeit damit aufhört. Ein Grundsatz dieser
Art ist aber so unrichtig und verderblich, daß er schließlich der
Auctorität selbst gefährlich wird. Denn ist freie Forschung
durchaus grundsätzlich unzulässig der Auctorität gegenüber, so
ist sie das auch, wo es sich um unbefangene Prüfung der auch
im religiösen Gebiet so verschiedenen, ja entgegengesetzten Auctoritäten handelt, um hier wo möglich die wahre von der falschen zu unterscheiden und ihr Anerkennung zu zollen. Muß
sich die Forschung von Anfang an nach der Auctorität richten,
ihren Befehlen Gehorsam leistend, an ihren Lehrsätzen sich beständig orientirend, dann ist das Resultat schon am Beginn
der Untersuchung entschieden; es wird immer die gerade befeh-
lende Auctorität als die wahre anerkannt werden, und die Wissenschaft wird völlig nutzlos seyn dem Zufall und der Gewalt
gegenüber, wird nur mehr als Hofsophistin der Auctorität eine
Wohldienerei unter dem Scheine der Wissenschaft treiben können.

Aber wo kommen wir hin, möchte man einwenden, wenn
wir der Wissenschaft unbedingte Freiheit der Forschung auch in
Bezug auf die höheren Wahrheiten gestatten, und wenn die
Auctorität (und der Glaube) gar keinen bestimmenden Einfluß
üben darf? Muß da nicht alsbald die Ordnung im geistigen
Leben der Menschen ebenso gefährdet werden durch Willkür
der Forschung, wie der Besitz der Wahrheit, den die Auctorität
schützt und erhält, durch Fehlgriffe derselben in beständiger Gefahr ist verloren zu gehen? Wohl! möglich ist dieß — durch
falsche oder Scheinwissenschaft, durch die wahre sicher nicht,

wofern es sich anders um wahre Auctorität und um Wahrheit
handelt; denn grundsätzlich ist festzuhalten, daß wahre Auctorität und wahre Wissenschaft nie wirklich, sondern allenfalls nur
scheinbar in Widerspruch kommen können. Gegen die falsche
Wissenschaft aber kann, wie schon früher erörtert wurde, nur
die wahre helfen, nicht aber irgend eine andere Macht; und
der Wahrheit kann wiederum nur die unbefangene Prüfung
und Erkenntniß Sicherheit und Dauer verschaffen gegen Au-
feindung und Scheingründe; denn Gebote befestigen nicht in
der erschütterten Ueberzeugung, denn sie heben Scheingründe
und Einwendungen gegen die Wahrheit nicht auf. — Wenn
man zur Rechtfertigung der Forderung, daß die Auctorität
herrschen und die Wissenschaft dienen müsse, wie es so oft geschieht, darauf hinweist, daß die Wissenschaft, insbesondere die
Philosophie, von der ja hier gerade hauptsächlich die Rede ist,
so vielen Verirrungen unterworfen sey, und so große Uneinig-
keit und Ungewißheit in ihr herrsche, so möge man gerecht seyn
und nicht mit zweierlei Maaß die Wissenschaft und die Auctorität messen. Die Wissenschaft ist der Verirrung fähig, das ist
richtig; und wie sie einerseits zur Erkenntniß der Wahrheit
führt, so auch andrerseits oft zum Irrthum. Aber ist denn
bei der Auctorität überall, wo sie auftritt und sich geltend
macht, die Wahrheit? Gibt es nicht falsche Auctoritäten in
Fülle, und wird nicht gerade durch diese der Irrthum, die Unwahrheit befohlen, geltend gemacht und, so zu sagen, verewigt
im Namen der Wahrheit, und hiefür Unterwerfung und Annahme gefordert? Ja wenn untersucht würde, wodurch mehr
Irrthum entstand, aufrecht erhalten und geschützt wird in der
Menschheit, ob durch Wissenschaft, ob durch Auctorität, so
möchte das Resultat kaum zu Gunsten der letztern Zeugniß
geben. Und wenn gegen die Philosophie so oft bemerkt wird

daß es keine Thorheit gebe, die nicht von Philosophen schon
aufgestellt und angenommen ward, so möge man bedenken, daß
es noch weit weniger eine Thorheit in der Menschenwelt gibt,
die nicht durch eine Art religiösen Glaubens schon für wahr
gehalten und angenommen ward; durch den Glauben, den man
so oft gedankenlos als das sicherste Mittel preist, sich der Wahr=
heit zu bemächtigen und dieselbe zu besitzen! Existiren doch die
verschiedenen falschen Religionen durch falschen Glauben!

Wie die Auctorität nicht selbst Princip der Philosophie
seyn kann, so kann sie auch nicht vorschreiben, welches die Prin=
cipien und die rechte Methode der Philosophie seyen und wie
ihr System zu beginnen und auszuführen sey.

Sie kann demnach nicht verlangen, daß der Glaube und
die Glaubenssätze Erkenntnißprincip seyen für die Philosophie
oder wenigstens als letzte entscheidende Normen gelten sollen, an
denen sich dieselbe beständig zu orientiren hätte.[1]) Der Glaube

---

[1]) Die modernen Scholastiker selbst können nicht umhin, dieß — wie es
scheint in besseren Augenblicken — anzuerkennen. So wird im „Ka=
tholiken“ Jhrg. 1857 (August) ausdrücklich behauptet, „die Philo=
sophie dürfe keinen Satz und keinen Begriff als den ihrigen, d. i. als zu
ihren Resultaten gehörig vorstellen, welchen sie nicht mittelst der Ver=
standesthätigkeit als in der Vernunft oder in der vernünftigen Erfahrung
mit unabweislicher Denknothwendigkeit gegeben, nachzuweisen vermag.“
Dieß hält freilich nicht lange vor, denn in demselben „Katholiken“
(Jahrg. 1859 März) geht man sogar so weit, zu beklagen, daß man immer
wieder das Verhältniß von Philosophie und Theologie erst untersuchen und
bestimmen wolle, und nicht die Dienstbarkeit der ersten sogleich als Princip,
als von vorne herein ausgemachten katholischen Grundsatz gelten lasse. Und
Herr Clemens geht ohne weiters von dieser Unterordnung und Dienstbar=
keit als dem „Fundamentalprincip“ und „Eckstein der christlichen Philosophie“
aus. Freilich soll diese Bestimmung nur für den Gläubigen gelten; als
wäre das dann noch ein philosophischer, nicht vielmehr rein positiv theo=
logischer Standpunkt! Die philosophische Erkenntniß besteht ja eben darin,
daß für die Wahrheit des Christenthums Gründe gefunden und geltend ge=
macht werden, die an sich, allgemein, naturgemäß gelten, und nicht erst
durch den Glauben selbst Gültigkeit erlangen! Gründe, die Jeglicher an=

kann nicht Princip seyn für die Philosophie der Natur der Sache gemäß. Er entspricht weder dem Begriff eines Prin-cips, noch kann er Erkenntniß, eigentliche Einsicht und Wissen gewähren. Der Glaube kann nicht Princip seyn, denn er ist nicht eine unmittelbare gewisse Wahrnehmung und Wahrheit, die eines Beweises nicht fähig wäre und eines solchen auch gar nicht bedürfte; denn er bezieht sich auf ein Anderes, und zwar auf eine offenbarende Auctorität und einen geoffenbarten Inhalt zugleich, und es muß wenigstens in Bezug auf die erste eine Prüfung stattfinden (rationis usus fidem praecedit), die selbst nur möglich ist durch ein anderes festes, klares Erkenntniß-princip. Der Glaube hat also insoferne gar nicht die Merk-male, die von einem Erkenntnißprincip gefordert werden. Dann vermag auch darum der Glaube nicht Princip der Philosophie zu seyn, weil auf ihn, seiner Natur nach, nie das Wissen sich gründen kann; denn Alles, was aus ihm abgeleitet oder auf ihn gegründet wird, muß das Merkmal seines Ursprungs oder Fundamentes an sich tragen, und kann in letzter Beziehung, in seiner Wurzel nicht Wissen (im eigentlichen, strengen Sinne) sondern wiederum nur Glauben seyn. Es ist richtig, der Glaube kann Quelle vieler Kenntnisse und Wahrheiten seyn, wie wir ja den größten Theil der historischen und geographischen Kennt-nisse durch ihn uns aneignen und besitzen. Aber diesem muß selbst eine Prüfung der Auctorität vorausgehen, der man Glau-ben schenkt, und wird auch dann zu einem wissenschaftlichen

---

erkennen muß, nicht (blos) inwiefern er Christ, sondern inwiefern er Mensch ist und auf seine wahrhaftige Natur und sein rationales Denken nicht verzichten will. Sonst würde man ja nur in einem beständigen Cirkel sich bewegen; würde die Wahrheit des Christenthums durch die (geglaubte) Wahrheit des Christenthums, die Vollkommenheit der christlichen Sitten-lehre durch die (geglaubte) Vollkommenheit der christlichen Sittenlehre beweisen wollen. Ein Beginnen, das doch keine Philosophie seyn kann!

(nicht blos empirischen, sachlichen) Wissen erst durch Anwendung wahrhaft wissenschaftlicher Mittel. Dasselbe gilt auch von den höheren Wahrheiten. Man kann eine Summe derselben mit voller Gewißheit durch den Glauben besitzen; aber dieser Glaube gibt nur Kenntniß, nicht eigentliche wissenschaftliche Erkenntniß und Begründung, und eine solche kann auch nicht aus ihm (als psychischem Act) und aus seinem Inhalt, den Glaubenssätzen, abgeleitet werden. Wenn daher die positive Theologie die Glaubensätze selbst als Erkenntnißprincipien gebraucht, so kann dieß nur in sehr beschränktem Maaße gelten. Denn auch diese Glaubensätze entbehren ja offenbar der wesentlichen Eigenschaften, die man für wissenschaftliche Principien fordert, nämlich der unmittelbaren, natürlichen Gewißheit und Evidenz, da ja manche davon sogar als durchaus unerkennbare Mysterien bezeichnet werden. Gewiß sind sie freilich dadurch, daß sie im Glauben festgehalten werden, und in sofern können sie als Principien der Gewißheit für Anderes, das damit in nothwendigem Zusammenhang steht, gelten; aber nicht für solche der wissenschaftlichen Evidenz und Begründung; außer in sofern als die Dinge in ihrem Lichte, im Lichte des Glaubens betrachtet und beurtheilt werden, wodurch sie aber nur für den Glauben, nicht für das Wissen klar werden. Auf doppelte Weise nämlich kann die positive Theologie die Glaubensätze auf ihrem Standpunkt verwenden um — nicht ihre Gewißheit und Wahrheit zu bewähren, denn die steht durch den Glauben fest, sondern — Klarheit und eine Art Einsicht zu erzielen. Die Glaubensätze können unter sich selbst durch das Denken und die Erkenntnißmittel in Beziehung gesetzt, ihr Verhältniß zu einander und ihr Zusammenhang bestimmt, und dadurch ihre richtige, dem Geiste der Offenbarung angemessene Auffassung erreicht werden; dann können sie auch als eine Art Erkenntnißprincipien dadurch dienen, daß die Dinge der Natur und der Menschen = Natur und = Geschichte in ihrem Lichte betrachtet, nach ihnen beurtheilt und demnach für den Glauben und Glaubensstandpunkt klar werden. Die Glaubenssätze selbst aber, an sich, werden durch all' dieß nicht gewisser, und nicht klarer und begründeter, sondern ihre Gewißheit und Wahrheit ist durch den Glauben und die Auctorität verbürgt. An sich, einzeln und im Ganzen, sind und bleiben sie durch dieß ganze Verfahren der positiven Theologie nach Grund und Wesen unbegriffen, werden nicht eigentlich in's Wissen, in die Erkenntniß erhoben, denn dieß kann nur durch Philosophie, durch Bethätigung der Vernunft als letztes, tiefstes Erkenntnißprincip, und durch Anwendung unmittelbar gewisser, natürlicher Wahrheiten (als secundäre Erkenntnißprincipien) erreicht werden') Durch Theologie aber werden die Glaubenssätze nur in ihrem Verhältniß zu einander klarer; es wird klar, kommt zum Bewußtseyn, wie sie sich gegenseitig bestimmen, wie einer im Zusammenhang und im Lichte des Anderen betrachtet und verstanden werden müsse. Wirklich wissenschaftliche Erkenntniß kommt im Gebiete der Theologie nur in so weit zu Stande, als das philosophische Princip des Erkennens Anwendung in ihr findet, und also das Gebiet des Glaubens verlassen ist, um auf die unmittelbare, natürliche Gewißheit und Einsicht zurückzugehen und Begründung und Beweis für den Glaubensinhalt zu gewinnen. Die Theologie kann sonach wohl von der Philosophie Unterstützung in ihrer Art wissenschaftlichen Strebens erhalten, nicht aber kann umgekehrt die Philosophie je den Glauben und Glaubenssätze als Princip der Erkenntniß gelten lassen oder anwenden, denn was so begründet würde, wäre eben nicht phi-

---

') S. hierüber mein Werk: Einleitung in die Philosophie 2c. S. 243 ff.

Frohschammer. Freiheit der Wissenschaft.   6

lofophifch begründet, würde nicht wiffenfchaftlich erkannt, fon=
dern bliebe nur Glaubensfache wie zuvor.

Daraus dürfte nun auch erhellen, daß es keinen Sinn
haben kann, wenn gefordert wird, die Philofophie müffe von
chriftlichen Principien ausgehen. Was foll das heißen?
Etwa daß die Philofophie vom Glauben und von Glaubens=
fäßen als Erkenntnißprincipien auszugehen habe? Das wohl
nicht, da man zugibt, daß die Philofophie andere Principien
habe, als die Theologie, der die Glaubensfäße als folche gelten.
Im Grunde verlangt man durch die genannte Forderung nichts
anders als dieß, daß die Philofophie nur von Principien aus=
gehen dürfe, die mit den Glaubensfäßen übereinftimmen, oder
ihnen wenigftens nicht widerfprechen; fo wie fie auch nicht zu
Refultaten kommen dürfe, die dem Chriftenthum irgend wider=
fprechen. Allein mit diefer Forderung ift alle Selbftftändigkeit
der Philofophie nicht blos, fondern alle Möglichkeit derfelben
und die Möglichkeit der Prüfung des Factums der Offenbarung
felbft, die man doch fonft zugibt, aufgehoben; fowie auch der
Begriff des Princips felber wiederum zerftört ift. Es ift näm=
lich damit ausgefprochen, daß die Principien der Philofophie,
ehe fie zur Geltung gebracht werden dürfen, zuvor am Glauben
und an den Glaubensfäßen geprüft werden follen, ob fie da=
damit übereinftimmen oder nicht, und demgemäß als wahr an=
genommen und zur Geltung gebracht werden dürfen oder nicht.
Allein dann find es fchon darum keine Principien mehr, weil
fie einer Prüfung erft bedürfen in Bezug auf Wahrheit und
Gewißheit; während doch die wiffenfchaftlichen Grundprincipien
wie man zugibt[1]), unmittelbar einleuchten und als gewiß und

---

[1]) Herr Clemens verfteht („Die Wahrheit ꝛc." S. 51) unter Princip in
der Philofophie „eine Idee oder einen Saß, deren Wahrheit und Gewiß=
heit der Vernunft unmittelbar durch fich felber einleuchtet, die weder eines

klar erscheinen müssen, um Anderes durch sie ebenfalls zur Gewißheit und Klarheit bringen zu können. (Auch wären sie

---

Beweises bedürftig, noch eines (directen) Beweises fähig sind, und woraus alles
Andere bewiesen wird." Dabei aber ist ihm das „Fundamentalprincip" der Philosophie, die Unterordnung der Vernunft und Philosophie unter Glauben und Theologie. Diese Unterordnung muß also etwas unmittelbar Einleuchtendes seyn! Es
ist da nur zu verwundern, daß der Glaubensgehorsam nicht so allgemein und
geläufig ist, wie 2 mal 2 ist 4, und daß sogar Abfall vom Glauben selbst noch
vorkommt! Uebrigens findet sich ein ähnlicher Mißbrauch des Wortes
„Princip" und „Grundprincip" auch bei anderen Anhängern der scholastischen Richtung. So nennt z. B. Hr. Pr. Morgott („Die Lehre des hl. Thomas über die Grundfragen der Psychologie 2c." Eichstätt 1860) die Aristotelisch-Thomistische Bestimmung, daß der Geist (der Intellect, das
Princip der intellectuellen Thätigkeit) die Form des menschlichen Leibes sey
— ein Grundprincip. Was soll das heißen? Ist diese Aristotelische Ansicht unmittelbar so klar und gewiß, daß eine Untersuchung darüber und
ein Beweis dafür gar nicht nothwendig, ja nicht einmal möglich ist? Das
doch sicher nicht; und demnach kann sie auch nicht Grundprincip der psy-
chologischen Erkenntniß seyn. Vielmehr ist diese Ansicht selbst erst das
Resultat wissenschaftlicher Untersuchung und mancher Voraussetzungen,
und ist richtig nur dann, wenn diese nicht falsch oder einseitig sind.
Princip des Erkennens kann ein solches Resultat allenfalls nur in Bezug
auf weitere Folgerungen daraus genannt werden; in keinem Falle aber
„Grundprincip", denn ein solches kann nur etwas unmittelbar Gewisses,
nicht erst durch eine Reihe von Untersuchungen und Vermittlungen gewiß
Gewordenes seyn. Morgott geht indeß noch weiter und betrachtet —
er weiß wohl kaum, was er thut — diese Aristotelisch-Thomistische Ansicht
als allein christlich und katholisch, die man daher nicht angreifen oder verlassen
dürfe und könne, ohne die christliche Wahrheit anzugreifen oder zu verlassen,—
die also selbst zum Glaubensinhalt gehört. Nach dem schon oben Bemerkten
könnte selbst in diesem Falle kein philosophisches Grundprincip daraus gemacht werden, sondern allenfalls nur ein theologisches. Allein diese Aristotelische Ansicht vom Verhältniß des Geistes zum Leibe, als der substan-
tialen Form des letzteren, könnte keine dogmatische Bestimmung werden,
ohne daß auch die Aristotelische Ansicht vom Wesen der Materie und vom
Wesen der Form überhaupt und vom allgemeinen Verhältniß beider zu
einander dogmatisch würde, so daß also Aristotelische Ansichten über rein
naturwissenschaftliche Probleme zu christlichen Glaubenssätzen gemacht werden müßten. Ein Beginnen, das bei dem jetzigen Stande der naturwissen-
schaftlichen Forschungen ebenso unberechtigt und gefährlich wäre, wie es
unberechtigt und gefährlich gewesen wäre, wenn man etwa im 13. Jahr-
hundert das Ptolomäische System für dogmatische Wahrheit, für eine mit
dem christlichen Glauben untrennbar verbundene Annahme erklärt hätte!

6*

wiederum doch nicht wissenschaftlich geprüft, wenn sie am Glau=
ben geprüft wären). Gibt es aber solche, nur durch sich selbst
einleuchtende, natürlich gewisse und klare (aus der geistigen
Natur selbst quellende) Wahrheiten als Grundnormen und =Sätze
des Denkens und Erkennens gar nicht, müssen sie ihre Be=
stätigung erst durch den Glauben erhalten, dann gibt es gar
keine Wissenschaft, insbesondere keine Philosophie mehr; darum
auch gar keine Prüfung der Thatsache der Offenbarung, und
wir sind einzig dem blinden Zufall und der blinden Annahme
in dieser Beziehung preisgegeben. Denn nur wenn ein un=
mittelbar gewisser, ursprünglicher, nicht irgend abgeleiteter Besitz
der Vernunft da ist, der von selbst einleuchtet und gewiß ist,
der also die eigentliche Naturgabe und das Naturrecht des
Geistes bildet, nur in diesem Falle hat eine Offenbarung selbst
einen Anknüpfungspunkt im Menschengeiste, und ist diesem die
Möglichkeit gegeben, derselben eine selbstthätige, vernünftige An=
erkennung zu zollen und nach selbstthätiger Prüfung Aufnahme im
Glauben und Wissen zu gewähren. Solcher Besitz des Geistes
muß also das Erste, Ursprüngliche seyn, an dessen unmittelbarer
Gewißheit und Klarheit alles Andere erst zu prüfen ist; und
dieser ist darum Princip der Wissenschaft überhaupt und, in
entsprechender Modifikation, das der Philosophie.[1] Nicht also
müssen diese Principien der Wissenschaft am historischen Glau=
ben zuvor geprüft werden, als wäre dieser mit seinen Dogmen
das Erste und das Vernunftsprincip das Zweite; denn wie die
Natur immer Grundlage der Gnade ist, und deren Voraus=
setzung, so auch ist Vernunft und ihr Gebrauch Grundbedingung

---

[1] Wir haben insbesondere die dem Geiste immanente Gottesidee als Inhalt
der Vernunft geltend gemacht — freilich nur in Verbindung mit den übri=
gen wissenschaftlichen Principien und unter Erfüllung der entsprechenden
Bedingungen zur Entwicklung der Vernunft. S. hierüber m. „Einlei=
tung in die Philosophie" S. 205 ff.

der Offenbarung, und deren Voraussetzung. Darnach ist eine Prü=
fung des Glaubens und der Glaubenssätze nach Wissensprincipien
ebenso möglich, wie geboten — nicht aber umgekehrt, denn in die=
sem Fall müßte der Glaube das Ursprüngliche seyn mit seinem In=
halt, und unmittelbar (natürlich) gewiß und klar, was offenbar nicht
der Fall ist. ¹) Schon deßwegen auch kann dieß nicht seyn, weil
der Glaube auch That des Willens ist, und demnach die wissen=
schaftlichen Principien von dem Willen abhingen, insofern der
Glaube von ihm stammte; der dann seinerseits erst die Er=
kenntnißprincipien aus sich erzeugte. — Allenthalben also zeigt
sich, daß, wer Auctorität und Glauben zur entscheidenden Norm
der Principien (und Resultate) der Philosophie macht, damit
diese selbst aufhebt; zugleich aber auch alle Prüfungs=Möglich=
keit der Offenbarung selbst, und hiemit auch die Vernünftigkeit
des Glaubens und der Anerkennung einer Auctorität, so daß
nur noch blindes Schicksal und Willkür übrig bleibt. Und in=
dem man durch solche Beschränkung und Unterwerfung in Dienst=
barkeit, die Philosophie in Gehorsam und Uebereinstimmung
erhalten will mit dem Christenthum, beraubt man sie aller Kraft
und Fähigkeit durch ernsthafte Forschung dem Christenthum
wirkliche Dienste zu leisten; Dienste zu leisten dadurch, daß sie
Erklärungen und Beweise versucht, die auf natürlichen festen
Grundlagen beruhen, nicht selbst wieder auf Offenbarung und
Glauben, wodurch nur bedeutungslose Cirkel und Scheinbeweise
entstehen. ²)

---

¹) Es ist daher nur eine ganz unwissenschaftliche Naivität, wenn man meint,
die Vernunftprincipien müßten den Glaubensprincipien untergeordnet seyn,
weil die letzteren von Gott selbst stammen, also höhere Wahrheit und Ge=
wißheit haben. Ob sie von Gott selbst stammen, das ist ja eben die
Frage! Und dann stammt ja die Natur des Menschen mit ihren Vernunft=
principien wohl auch ursprünglich von Gott so gut als eine positive
Offenbarung!

²) Nach einer neuestens vom „Katholiken" (Jahrg. 1860 (März) S. 280

Wenn nun, wie es jetzt häufig geschieht, die Forderung gestellt wird, die Philosophie müsse mit den philosophischen Principien der neueren Zeit brechen und zu den früheren, christlichen Principien der Philosophie zurückkehren, so kann nach den bisherigen Erörterungen dieß keinen Sinn mehr haben. Welches waren denn die Principien der alten oder mittelalterlichen Philosophie, und worin bestand denn ihre Christlichkeit? Offenbar und zugestandenermaßen waren es nicht Glaubenssätze, weder im Alterthum noch im Mittelalter, sondern natürliche, unmittelbar gewisse, oder für gewiß gehaltene Wahrheiten, — durch Sinneswahrnehmung oder Verstandesevidenz gegeben. Diese kann man aber doch wohl nicht christlich nennen, im Gegensatz zu den Principien der neueren Philosophie! Durch sie also konnte die Philosophie nicht specifisch christlich seyn; auch nicht dadurch, daß man etwa diese Principien an den Glaubenssätzen erst prüfte, ob sie wahr und gewiß, weil mit diesen übereinstimmend, seyen; denn daß dieß ein verkehrtes Verfahren sey, konnte nicht verkannt werden! Die Christlichkeit der früheren

---

ff. auf Veranlassung von Kleutgen's „Theologie der Vorzeit" wieder aufgestellten „Lehre vom Uebernatürlichen", soll freilich durch die christliche Offenbarung und den Glauben auch eine neue „Ontologie, Logik und Erkenntnißtheorie" eingeführt seyn. „Das Christenthum, behauptet man, sey nicht eine Anstalt zur Wiederherstellung und vollen Entfaltung eines Systems, das in der Natur schon grundgelegt ist, sondern zur Begründung eines in allen Momenten von jenem verschiedenen Systems der Ontologie, der Logik (Erkenntnißtheorie) und der Ethik." Wo dieß nicht anerkannt werde, da verfalle man dem Rationalismus. — Das ist freilich wunderbar! Wenn sogar eine übernatürliche Logik, Ontologie und Erkenntnißtheorie durch den Glauben mitgetheilt wird, dann muß freilich auch eine übernatürliche Metaphysik entstehen! Eine Philosophie also, die nicht mehr Werk des Menschen mit seinen natürlichen Kräften ist! Allein, wenn nicht blos die Offenbarung und deren Aufnahme im Glauben, sondern selbst auch das Wissen übernatürlich gegeben wird, was soll denn der Mensch eigentlich noch leisten? Er ist nur mehr passiver Schauplatz all' dieser Vorgänge, die ohne seine Thätigkeit in ihm sich vollziehen.

Philosophie kann demnach nur in der Unterwerfung, in der Dienstbarkeit — der Theologie und Auctorität gegenüber, bestehen; und in der That erblickt man ja auch in dem Satze „philosophiam esse theologiae ancillam" das Grundprincip, zu dem die Philosophie zurückkehren müsse. Aber hat denn das irgend einen Sinn? Ist denn Unterwerfung und Dienstbarkeit im Entferntesten das, was man ein wissenschaftliches Princip, was man Erkenntnißquelle- und Kriterium nennen, als unmittelbar klare, gewisse Wahrheit bezeichnen kann? Gewiß nicht, sondern es ist hier mit Worten ein leeres Spiel getrieben und nur durch sinnlose Rede die Selbstständigkeit und das Recht der Philosophie gefährdet — wie schon oben gezeigt wurde.

Und welches sind denn die widerchristlichen Principien der neueren Philosophie, mit denen durchaus zu brechen sey? Es ist kaum Ein System der neueren Zeit, das von directer Leugnung des Christenthums, als seinem Grundprincip, oder von einem Grundsatz ausginge, der geradezu dem Christenthum entgegen wäre, wenn auch die Entwicklungen und Resultate desselben durchaus mit dem Christenthum sonst nicht übereinstimmen. Sind Standpunkte und Fundamentalsätze der neueren Philosophie zu bestreiten und zu verlassen, so geschieht das nicht aus Forderung und im Interesse des Glaubens, sondern vielmehr im Namen und nach Forderung der Wissenschaft selbst, der hierüber nur die Entscheidung zukommen kann. Sie werden von der Philosophie aufgegeben, weil sie mit der menschlichen Natur und den Forderungen wahrer Wissenschaft nicht in Harmonie sind, nicht weil sie mit Glaubenssätzen nicht übereinstimmen; um deßwillen kann sie nur der Glaube verlassen als unrichtig, nicht auch schon die Wissenschaft. Wenn philosophische Systeme ausgehen von Identität von Gott und Welt, von Geist und Materie, Nothwendigkeit und Freiheit u. s. w., so

gehen sie da nicht von unmittelbar klaren, von selbst einleuch=
tenden Grundsätzen und Wahrheiten, sondern von Urtheilen
aus, die selbst erst bewiesen, begründet werden müßten dem
allgemeinen unbefangenen Bewußtseyn der Menschheit gegen=
über, und die also, so lange dieß nicht geschehen ist oder ge=
schieht, nur als Vorurtheile betrachtet werden können. Princi=
pien der Philosophie können daher solche Sätze nicht seyn vor
den Augen jeder unbefangenen Forschung, und sie sind als solche
zurückzuweisen im Namen gesunder Wissenschaft. Nicht aber
könnte dieß geschehen im Namen, oder vom Standpunkt einer
positiven Religion aus; denn die Göttlichkeit des Christen=
thums selbst ist auch kein wissenschaftliches Princip, d. h. keine
unmittelbar gewisse, von selbst einleuchtende Wahrheit, sondern
für die Wissenschaft selbst erst ein Problem, also noch unent=
schieden ist am Anfange. Es kann daher weder davon selbst aus=
gegangen, noch vom Standpunkt des Glaubens an diese Gött=
lichkeit irgend ein anderes Princip als unrichtig bezeichnet und
abgewiesen werden. Eben weil die Philosophie nicht von unbe=
wiesenen, erst eines Beweises bedürftigen Annahmen ausge=
hen darf, kann sie auch Glaube, Auctorität und Offenbarung
nicht als Princip gelten lassen.

Man weiß viel von dem subjectiven Character der neue=
ren Philosophie, im Gegensatz zu dem objectiven der älteren
zu reden. Richtig ist allerdings, daß sich in der neueren viel
subjective Willkür geltend gemacht hat; allein daran ist nicht
das Grundprincip Schuld, sondern das freiere, reichere Geistes=
leben der neueren Zeit überhaupt. Und an subjectiver Willkür
hat es ja auch der Philosophie des Alterthums, und selbst der
des Mittelalters nicht gefehlt; wie denn überhaupt bei aller
menschlichen Thätigkeit sich dieselbe mehr oder weniger geltend
macht; — jedoch in der Wissenschaft nie grundsätzlich, sondern

nur in Folge menschlicher Unvollkommenheit, die mehr und mehr zu überwinden ist. Wodurch sich die neuere Philosophie seit Cartesius von der ältern unterscheidet, das ist nur, in Folge gründlicher Untersuchung, das klarere Bewußtseyn von der subjectiven Grundlage und Gewähr all' unserer Erkenntniß und Gewißheit; und ist die Einsicht, daß all' unser Wissen schließlich beruht auf der Selbstgewißheit und Wahrhaftigkeit unserer Natur und dem Vertrauen darauf. Allein durch diese gründlichere Einsicht ist die Philosophie nicht subjectiver geworden, als sie von jeher war; denn factisch beruhten stets alle wissenschaftlichen Principien auf der Selbstgewißheit und dem Vertrauen auf die Wahrhaftigkeit unserer Natur, also in so fern auf subjectivem Grunde; — obwohl derselbe auch wiederum objectiv ist, da die Menschennatur an sich, abgesehen von ihrer bewußten und wollenden Thätigkeit, jedenfalls auch den Charakter der Objectivität hat mit ihren Gesetzen und Kräften, ihrer normalen Beschaffenheit und Wahrheit.

Wie es nun keine besondern christlichen oder kirchlichen Principien der Philosophie gibt, so auch keine besondere christliche oder kirchliche Methode, weder der Wissenschaft überhaupt, noch der Philosophie insbesondere. Obwohl man auch die Forderung einer solchen Methode oft und dringend genug stellt, so unterläßt man es doch stets, bestimmt und klar zu erörtern und anzugeben, worin denn diese kirchliche (katholische) Methode der Philosophie bestehe; sondern man liebt es, sich mit declamatorischen Pathos und mit Verdächtigung der Orthodorie der Gegner zu begnügen. Man erfährt also nicht direct, ob etwa die inductive oder die deductive Methode die eigentlich christliche oder kirchlich approbirte Methode der Wissenschaft sey, sondern die Ansicht scheint eigentlich nur darauf hinauszugehen, daß die bisher in der christlichen und kirchlichen Wissenschaft übliche Methode die rechte sey, weil sie bisher gegolten und nicht verpönt worden. Da aber der näheren Untersuchung sich auch hier wieder zeigt, daß es gar keine bestimmte, allgemein übliche und geltende Methode gebe in der Kirche, und eigentlich auch nie gegeben habe, wie schon das Vorherrschen bald der Platonischen bald der Aristotelischen Forschungsart zeigt, und selbst auch der Unterschied der eigentlich scholastischen und mystischen Erkenntnißweise kund gibt; — so kommt schließlich jene Forderung einer kirchlichen Methode der Philosophie auf nichts Anders hinaus, als auf die Ansicht, daß die bisher üblichen und geltenden Begründungen und Beweise für die höheren Wahrheiten als unantastbar und stets giltig zu betrachten seyen. Wir begegnen also hiemit wieder der schon früher erwähnten Zumuthung, die bisher üblichen Gründe und Beweise selbst als eine Art Glaubenssätze zu betrachten, die erhaben seyen über alle Kritik und alle Verbesserung, weil sie früher aufgestellt worden, und bisher als solche gegolten haben. Daß dieß unmöglich einen gesunden Sinn haben kann, da Beweise nicht für den Glauben, sondern für das Wissen bestimmt sind, und also nur dann Bedeutung haben, wenn sie wirklich als solche sich geltend machen für die Ueberzeugung, und zwar ihrer Natur nach, nicht aber weil sie als solche etwa approbirt sind, und für gültig gehalten werden m ü s s e n — ist an sich klar. Eben so einleuchtend ist, daß alle Wissenschaft gehemmt und Vervollkommnung derselben unmöglich ist, wenn es nicht mehr erlaubt ist, frühere, in der christlichen Wissenschaft übliche Begründungen und Beweise zu kritisiren, ihre Schwächen aufzudecken und zu heben, oder bessere an deren Stelle zu setzen. Nicht blos Stillstand, sondern Verfall der Wissenschaft ist die nothwendige Folge davon, wenn man sich Etwas als Beweis vorspiegeln und gelten lassen muß, was thatsächlich keine Beweiskraft mehr hat. Es ist nämlich, wie schon früher erwähnt wurde, sehr wohl möglich, ja in diesen menschlichen Verhält= nissen kaum zu vermeiden, daß Gründe die früher beweiskräf= tig waren, und als Beweise geltend gemacht werden konnten, im Laufe der menschlichen Entwicklung diese Beweiskräftigkeit verlieren, wenn andere Wissenschaften in ihrem Fortschreiten Aenderungen in den Ansichten hervorbringen, die mit dem in Zusammenhang standen, was als Beweisgrund galt, so daß die frühere Grundlage erschüttert ist, und eine neue gefunden werden muß. Vollkommene Gleichheit in der Methode und Construction der Wissenschaft ist darum unmöglich; ein solches Beharren bei ganz gleichförmigem Verfahren ist nur dem dum= pfen, bewußt= und willenlosen Instinctleben der Thiere z. B. der Bienen bei ihrem Zellenbau eigen, und ist überhaupt nur eine Grundeigenschaft der Natur in ihrem unorganischen Wir= ken und organischem Produciren; ist daher Ausdruck dessen, was man die Naturnothwendigkeit nennt; von der indeß die höheren organischen Bildungen selbst, (die höhern Thiere) schon sich mehr und mehr befreit zeigen. Für die höchste menschliche Vernunft= und Willensthätigkeit mitten in diesem wechselnden Strome historischer Entwicklung kann eine solche Gleichförmig= keit und Starrheit in der Methode der Thätigkeit unmöglich als Vollkommenheit geltend gemacht werden. Die Kirche, oder die Auctorität in ihren Trägern, hat weder die Aufgabe und Macht, noch die Fähigkeit, zu bestimmen, welches überhaupt oder in einer gegebenen Zeit die rechte wissenschaftliche Methode sey. Das kann nur die Wissenschaft selbst bestimmen; die Kirche ist keine wissenschaftliche Behörde und Auctorität; und so wenig sie bestimmen kann, welches die rechten Erfordernisse eines Kunstwerkes seyen, und die rechte Weise sey, ein solches zu entwerfen und zu vollenden, so wenig hat sie auch die Auf=

gabe und Befugniß, die Methode der Wissenschaft zu bestimmen
oder zu befehlen. Und wie sie nur entscheiden kann, ob etwa
ein Kunstwerk eine christliche Idee angemessen darstelle oder
nicht, keineswegs aber den Kunstwerth desselben zu bestimmen
vermag, ebenso kann sie nur entscheiden, ob die Resultate der
wissenschaftlichen Forschung mit den positiv christlichen Lehren
in Uebereinstimmung seyen oder nicht; keineswegs aber kann
sie über den wissenschaftlichen Charakter, über Richtigkeit oder
Unrichtigkeit des Verfahrens eine Entscheidung oder eine Vorschrift geben. Wie daher die Naturwissenschaft sich nicht durch
die frühere Herrschaft der Aristotelisch = scholastischen Methode
abhalten lassen durfte, die inductive Methode anzunehmen und
auszubilden, durch welche sie die großartigen Erfolge errang,
die sie jetzt auszeichnen, so darf auch die Philosophie sich nicht
durch dieselbe Aristotelisch=scholastische Verfahrensweise abhalten
lassen, eine andere Art der wissenschaftlichen Untersuchung in
Anwendung zu bringen, wenn sie sich als förderlich und nothwendig erweist. Oder bestimmter: die Philosophie darf sich
nicht abhalten lassen, bessere, der jetzigen Anschauungsweise an-
gemessenere Gründe und Beweise aufzusuchen und geltend zu
machen, und die Mängel der früheren zu verbessern. Die
Kirche selber will dieß sicher nicht hindern, da nur dadurch
eine wirkliche, den Zeitumständen gewachsene Wissenschaft entstehen kann. Hindernisse suchen dem Fortschritte der Philosophie
in dieser Beziehung nur zu bereiten die noch aus früherer schola-
stischer Zeit stammenden philosophisch=theologischen Schulen und Partheien, die ja in dem Maaße an Ansehen verlieren
und der Reform bedürftig erscheinen müssen, als ihre alther-
kömmlichen, üblichen Beweisführungen und Gründe als un-
stichhaltig erscheinen. Die Kirche selbst hat auch gar keine festen Bestimmungen hierüber gegeben, und es ist ein Unrecht,

die Eigenthümlichkeiten, Beweisführungen und mitunter Marot=
ten der Schulen ihr selbst aufzubürden und die Verantwortung
und Gefahr derselben ihr zuzuschieben. Wenn man z. B. die
früher üblichen Beweise für das Daseyn Gottes dadurch vor
mißliebiger Kritik zu schützen sucht, daß man behauptet, die
Kirche nehme ausdrücklich eine Beweisbarkeit des Daseyns
Gottes an, so findet hier eine unberechtigte Verwechslung statt;
denn daß das Daseyn Gottes sich beweisen lasse, ist damit
allerdings bestimmt, welches aber diese Beweise sind, und
daß die üblichen Beweise diesen Charakter wirklich haben, ist
damit noch nicht ausgesprochen. Die Kritik der herkömmlichen
Beweise ist also damit nicht verpönt, sondern nur um so mehr
die Aufforderung gegeben, sie strenge zu prüfen und den Schwä=
chen derselben abzuhelfen, oder geradezu einen gründlicheren,
strengeren Beweis aufzustellen, der mehr gesichert ist gegen die
Macht des Zweifels und der Einwendungen. Zudem brauchte
man die Beweisbarkeit des Daseyns Gottes selbst dann noch
nicht zu läugnen, wenn man gar keinem der üblichen Beweise
wirkliche Beweiskraft zugestehen könnte[1]).

---

[1]) S. m. Einleitung in die Philosophie ꝛc. S. 98 ff. Man gibt in neuerer
Zeit zu, daß die früher üblichen Beweise einzeln nicht recht stichhaltig
seyen, dagegen in Verbindung miteinander oder in Vereinigung zu einem
Beweis=Organismus werden sie als vollkommen beweisend erachtet.
Abgesehen nun davon, daß die Scholastiker von einem Organismus der
Beweise für das Daseyn Gottes nichts wußten, und diese Auffassung erst
der neuesten Philosophie abgelernt ist, obwohl man diese sonst zu Gunsten
der Scholastiker so gering schätzt; abgesehen sag' ich davon, ist dabei vor
Allem genauer zu untersuchen, was denn eigentlich behauptet ist mit die=
ser Annahme eines Organismus dieser Beweise. Es kann naturgemäß
nichts Anderes damit gesagt seyn, als daß die einzelnen, bisher üblichen
Beweise zusammengreifende Glieder eines organischen d. h. durch ein be=
sonderes (Lebens=) Princip zur Einheit gebildeten Ganzen seyen. Glieder
also, die nur durch das organische Princip Daseyn, Leben und Bedeutung
erhalten, ohne dieses aber todt und bedeutungslos sind. Welches ist nun
aber das organische Princip in diesem Beweisorganismus? Doch wohl

Man hat neuestens das Festhalten früher üblicher Metho=
den auch dadurch nicht blos zu rechtfertigen, sondern als noth=
wendig darzustellen gesucht, daß man behauptete, die früheren
Principien und Methoden seyen mit den christlichen Dogmen
so enge verbunden und verflochten, daß sie wie die Glaubens=
sätze selbst auch als traditionelle und kirchliche angesehen werden
müssen, weil durch ihre Anwendung bei den dogmatischen Er=
örterungen die Glaubenssätze bestimmt und formulirt worden
seyen [1]). — Allein hier ist wiederum von einer allgemeinen,
stets und in gleicher Weise geltenden Wissenschaftsmethode in
der Kirche die Rede, während es eine solche nicht gegeben hat.
Am allerwenigsten kann die Aristotelisch=scholastische Art, wie
sie sich zur Zeit des Thomas von Aquin gebildet hatte, (der
doch eigentlich damit das Wort geredet seyn will), als allge=
meine kirchliche Methode bezeichnet werden, denn selbst den
früheren Scholastikern z. B. dem Anselm von Canterbury war
diese Methode keineswegs eigenthümlich; noch weniger den frü=
heren lateinischen und griechischen Kirchenvätern. Das ganze
Argument hat also schon deßwegen keine Bedeutung, weil es
auf einer falschen Voraussetzung beruht und erschlichen ist.
Aber selbst wenn es so wäre, wenn es wirklich eine durch alle
Zeiten gleichförmig gebliebene Methode der Wissenschaft gäbe
in der Kirche, so wäre auch dieß noch kein Grund, dieselbe auch
fernerhin beizubehalten um jeden Preis, wenn sie auch als un=

---

nichts Anderes, als die der Menschheit immanente, den Gehalt der Ver=
nunft bildende Gottesidee, die im allgemein=menschlichen Gottesbewußtseyn
a.tuell und historisch thatsächlich sich zeigt! Und das ist es, was in mei=
nem eben genannten Werke zur Geltung zu bringen der Versuch gemacht
wurde.

[1]) Herr Clemens ist, wo nicht der glückliche Erfinder, doch jedenfalls der
eifrige Vertreter auch dieser Ansicht. „(Die Wahrheit in dem von Hrn. Prof.
Kuhn angeregten Streite über Philosophie und Theologie.“ Münster 1860.
S. 46 ff.)

paſſend ſich erwieſe. Denn die Methode iſt jedenfalls kein Dogma, keine geoffenbarte Wahrheit, oder unmittelbar aus dieſer mit Evidenz und Nothwendigkeit folgend; und wenn wirklich bei dogmatiſchen Streitigkeiten und Erörterungen eine eigenthümliche, gleiche Methode Anwendung gefunden hätte, ſo wäre ſie deßhalb noch nicht mit dem Dogma untrennbar verbunden und dadurch gleichſam gefeiht und unantaſtbar gemacht; ſo wenig, als Inſtrument und Verfahrensweiſe bei Vollendung eines Kunſtwerkes zu dieſem ſelber gehören, und als unveränderlich und unverbeſſerlich gelten können, wenn auch am Kunſtwerk ſelbſt nichts mehr geändert wird; ja ſo wenig, als das Gerüſte und der ganze Plan der Bauthätigkeit zum Gebäude ſelber gehört. Man wird doch das Räſonnement fortſchrittsträger Menſchenclaſſen nicht auch in das Gebiet der Wiſſenſchaft einführen wollen, die doch ausdrücklich den Fortſchritt fördern ſoll? Man wird doch nicht wie dieſe ſagen: weil dieſe Inſtrumente, dieſe Maſchine, dieſer Pflug u. ſ. w. bisher üblich war, und weil es ging damit, alſo müſſen ſie auch ferner üblich bleiben und dürfen nicht geändert werden! Solche Anſichten ſind der Tod aller regen menſchlichen Wirkſamkeit, und das Grundhinderniß der Verbeſſerung, Vervollkommnung des menſchlichen Lebens; und ſind wider die Natur der Menſchheit, weil dieſe auf Entwicklung und Vervollkommnung angelegt iſt. — Wenn übrigens manche wiſſenſchaftliche Ausdrücke in früherer Zeit eine andere Bedeutung hatten als ſpäter, und wenn die Dogmen mit Hinblick auf die in der Zeitwiſſenſchaft gerade geltenden Bedeutungen ſprachlich formulirt wurden, ſo haben wir dazu die Geſchichte, daß wir uns hierüber orientiren; für die Wiſſenſchaft kann daraus keine Verpflichtung folgen, denſelben Sprachgebrauch ſtets beizubehalten und denſelben Sinn mit den Worten und Begriffen zu verbinden, da

ihre Hauptaufgabe unter Andern doch gerade darin besteht, die
Begriffe zu läutern, zu verbessern. Würde man der Philosophie
diesen Zwang auferlegen, so müßte dasselbe auch für die übrigen Wissenschaften, insbesondere für die Naturwissenschaften
zur Geltung gebracht werden, da auch durch diese manche Ausdrücke eine andere Bedeutung erhalten, als sie früher hatten. —
Wenn übrigens die Kirche bei dogmatischen Bestimmungen und
Formeln sich früher nach dem in der Wissenschaft gerade herrschenden Sprachgebrauch gerichtet, nicht diesen selbstmächtig bestimmt und festgesetzt hat, so ist ja damit schon anerkannt, daß
es ihrem Wesen nicht widerstreite, sich dem herrschenden Sinne
der Begriffe anzuschließen, und sie wird demnach auch in der
späteren Zeit den Sinn ihrer Lehre in den Begriffen und Formeln zu geben geneigt seyn, der dieselbe dem Zeitbewußtseyn
und dem Verständniß am leichtesten zugänglich macht. Ganz
constant und gleichförmig ist in der That der Sprachgebrauch
innerhalb der christlichen Kirche von Anfang an nicht geblieben,
sondern hat in Folge der Untersuchungen und Erörterungen
über den wahren Sinn, die richtige Auffassung des Inhalts
und der Thatsachen des Christenthums, die mannichfachsten Modificationen selbst in Betreff der wichtigsten Ausdrücke erfahren,
wie die Dogmengeschichte der ersten Jahrhunderte hinlänglich
zeigt.

Mit der, wie wir sahen, unrichtigen Behauptung, daß es
christliche und kirchliche Principien und eine christliche und kirchliche Methode der Philosophie gebe, steht endlich auch noch die
fernere, ebenso unrichtige Behauptung in Verbindung, daß ein
altherkömmliches, christliches und kirchliches System der Philosophie bestehe. Man behauptet und wiederholt es bis zum
Ueberdruß, daß ein neues System der Philosophie, und eine
Reform derselben nicht nöthig und nicht zuläßig sey, da das

einzig wahre, dem Christenthum angemessene System der Philo=
sophie schon längst entdeckt und ausgebildet sey und nicht gewartet
habe bis auf unsere Zeit. Und demgemäß wird dann jeder Ver=
such einer Reform der Philosophie auf neuer, tieferer Grundlage,
und nach verbesserter Methode, als unberechtigt, als anmaßend¹),
als unkirchlich mit verwerflicher Verdächtigung und Verhöhnung
verfolgt. Das wahre System also behauptet man, sey „im Grund
und Aufriß" schon vorhanden, man brauche kein neues Fundament,
man solle nur am gegebenen, allein christlichen und kirchlichen fort=
bauen. Wie man sich hiebei die Sache eigentlich denkt, ist nicht
ganz klar; da öfters vom Hinwegräumen von Schutt die Rede ist,
so scheint es, daß man sich dieses System als Ruine denkt, aus
dem Mittelalter herstammend, auf deren Fundamenten der Aufbau
geschehen soll, und zwar, wie es scheint, ganz so wie früher, wenn
doch der Bau (System) als einzig richtig galt. So etwa wie das
ungebildete Volk es häufig liebt, verfallene oder abgebrannte Ge=
bäude, ganz so wieder aufzubauen, wie sie früher waren und in
derselben Weise, ohne Rücksicht auf den Fortschritt in der Baukunst,
auf geänderte Verhältnisse u. s. w. Jedenfalls müßte aber auch

---

¹) Ein sehr beliebtes Räsonnement gegen jeden Fortschritt und jede Verbesse=
rung, und zur Ertödtung jedes selbstständigen Strebens in der Philosophie
besteht darin, daß man jeden, der mit einem Versuche, der Neues verspricht
und gibt, auftritt, der Anmaßung, des Hochmuths beschuldigt. Was?
heißt es, der will es besser wissen als die großen heiligen Kirchen=Väter
und =Lehrer, besser als der hl. Thomas von Aquin? Der will erkannt
haben, was diesen verborgen blieb, und will sie corrigiren? Welche Anmaß=
sung, welcher unkirchliche Hochmuth! — Nun wohl! also müssen wir denn,
um uns keiner Anmaßung schuldig zu machen durchaus auf jede Verbesse=
rung, auf jeden Fortschritt verzichten und uns lediglich auf Wiederkäuerei
beschränken! Uebrigens gebe ich Hrn. Clemens in Bezug auf S. 59.
(Note) seiner Schrift „Die Wahrheit ꝛc." zu bedenken, daß, wenn es eine
Unbescheidenheit ist, mit einem neuen Versuch in der Philosophie hervor=
zutreten und ihn als richtig zu bezeichnen, es wohl auch keine Bescheiden=
heit seyn kann von seiner Seite, sein eignes abweichendes Urtheil, und
seine Ansicht über Thomas von Aquin und die Scholastik für einzig richtig,
und jede abweichende Ansicht für falsch und unkirchlich zu erklären.

Frohschammer. Freiheit der Wissenschaft.

dabei wenigstens das Fundament selbst erst untersucht werden,
ob es denn auch im Stande sey, den Aufbau zu tragen, damit
man nicht thörichter Weise eine vergebliche Arbeit beginne.
Indeß ist dieß Bild wohl nicht so ernst genommen, denn es
paßt ja nicht, da die scholastischen Werke und Systeme nicht
als Ruinen vor uns sind, sondern so wie sie entstunden und
ausgebildet wurden. Wenn daher von Schutt und dergleichen
die Rede ist bei den modernen Scholastikern, so geschieht das
wohl nur um der lieben Romantik willen, auf daß die Ge-
müther um so mehr weich und günstig gestimmt und gewonnen
werden. Im Grunde denkt man sich wohl die Sache doch
etwas anders; man hat bei diesem Bilde wahrscheinlich die
mittelalterlichen Dome im Auge, die unausgebaut, unvollendet
auf uns gekommen sind, und die nun durch uns vollendet werden sollen; und zwar nicht in moderner Weise, sondern nach
ihrem ursprünglichen Plane. Dieses architektonische Bild erscheint sehr anziehend und bestechend in dieser Sache; aber leider
ist es bei näherer Betrachtung ebenfalls gänzlich unbrauchbar
in Betreff der Wissenschaft. Die wissenschaftlichen (philosophisch-
theologischen) Systeme sollen ausgebaut werden, fordert man,
nach dem ursprünglichen Plane, auf gegebener Grundlage. Gut!
Wozu sollen sie denn aber eigentlich ausgebaut werden? Zu
einem abgeschlossenen Ganzen, wie die Dome? Aber die Wissenschaft ist ja nicht ein solches Gebäude, das ein für allemal
abgeschlossen und dem Gebrauche übergeben werden kann! Die
Wissenschaft kann von uns so wenig für und fertig gemacht
werden, als in früherer Zeit dieß möglich war, um etwa dann
bloß noch überliefert und hie und da, wie ein Gebäude, wo es
durch Witterung schadhaft wird, ausgebessert zu werden! Oder
ist die Wissenschaft dazu angethan beständig fortgebildet, weiter-
gebaut zu werden auf der gegebenen Grundlage? Aber wo

bauen denn wir und die kommenden Zeiten kann endlich hin
an diesem Gebäude? Immer weiter und weiter empor zum
Himmel wie bei dem babylonischen Thurm? Aber wo bleibt
dann der ursprüngliche Plan, und welch' ein Ganzes wird das
endlich, wo immer oben fortgebaut und unten nichts geändert
und gebessert werden darf? Man sieht, das Bild führt in's
Absurde, es paßt nicht, weil die Wissenschaft, die Philosophie
sich nicht mit einem Gebäude vergleichen läßt. Sollen wir ein
Bild aus der Natur für die Philosophie und ihr System gebrauchen, so ist dieß der Organismus; die organische Bildung,
die unvollkommen beginnt, des Wachsthums, der Vervollkommnung und des Verfalles fähig ist. Der Organismus, der verschieden geartet seyn kann, und selbst der Neugestaltung, Neu-
erzeugung bedarf, um sich fortzuerhalten und stets frisches Leben und Gedeihen zu haben; so daß eine längere Fortbildung
der Philosophie in Einer Richtung möglich ist, aber auch von
Zeit zu Zeit eine fundamentale Neugestaltung oder Regeneration stattfinden kann. Diese Umgestaltung oder Regeneration
auf Grundlage eines neuen, tieferen (organischen) Principes
kann dann mit Recht als Reform bezeichnet werden, während
freilich bei jenem Weiterbauen eines angefangenen, im Grund-
und Aufriß gegebenen Gebäudes von einer solchen nicht die
Rede seyn kann. Man möchte vielleicht sagen, es sey ja nicht
von einem extensiven Weiterbauen die Rede, sondern von einem
intensiven Fortbilden; also seyen jene Consequenzen in's Absurde
nicht zutreffend. Allein was versteht man unter intensivem
Weiterbau? Anstreben und Erringen größerer Gewißheit und
Sicherheit? Aber das ist ja unzulässig und überflüssig! Denn
am Fundament darf ja nichts geändert werden, es wäre ja
eine Anmassung den kirchlichen Lehrern, insbesondere den Scholastikern gegenüber, wenn man da noch etwas verbessern wollte!

7 *

Und zudem bedarf es da gar keiner Bemühung um größere Gewißheit, da sie gar nicht mehr größer werden kann als sie schon ist; denn das Fundamentprincip ist ja, wird versichert, die Unterwerfung der Philosophie unter die Theologie und den Glauben, und die Gewißheit ist mittelst dieses Glaubens von der göttlichen Vernunft und Auctorität selbst verbürgt, kann also gar keine größere Bürgschaft mehr erlangen und nicht mehr gewisser werden. Auf Erhöhung der Gewißheit und Festigkeit des Fundamentes der philosophischen Lehren kann also, bei den erwähnten Ansichten, nicht ausgegangen werden, und diesen Sinn könnte demnach die Behauptung eines intensiven Weiterbaues nicht haben. Aber größere Klarheit wird man wohl bei diesem Weiterbau der Philosophie auf altem Fundament anstreben und erreichen! Auch dieß kann, da die Principien, die Methode, die Beweise gelten müssen, wie sie altherkömmlich üblich, und von den Kirchenvätern und Scholastikern bei ihren wissenschaftlichen Bestrebungen gebraucht und ausgebildet sind. Da man von diesem, wie man meint, kirchlichen Verfahren in der Wissenschaft nicht abweichen darf, so ist nicht einzusehen, wie eine größere Klarheit erzielt werden soll durch diesen vermeintlichen Weiterbau; es kann sich nur mehr darum handeln, die früheren Erörterungen und Beweise zu lernen, zum Verständniß zu bringen und dem Gedächtniß einzuprägen. Es kann fortan nur mehr Schüler, nie wieder Meister der Wissenschaft geben, den in Frage stehenden Grundsätzen gemäß. Da zudem alle Begründungen und Erklärungen der Philosophie erst die Sanction oder Approbation der Theologie haben müßten, dem Verhältniß der Unterordnung und Dienstbarkeit jener gemäß, so könnten sie doch nicht an sich, sondern nur durch diese Approbation Bedeutung erlangen, und also wieder nur durch den Glauben wirksam seyn. Eigentlich

Neues könnte hier auch schon deßwegen nicht mehr erreicht, oder dürfte vielmehr nicht angestrebt werden, weil es gegen den Respekt — diesen Grundsätzen zufolge — gegen die großen Kirchenlehrer wäre, und damit gegen die Kirche selbst, wenn man sich nicht mehr mit den üblichen Erklärungen und Beweisen begnügen, und nach anderen, besseren suchen wollte. Jeder Wunsch und jedes Streben nach Fortschritt wäre ja, wie man uns deutlich zu verstehen gibt, nur Impietät gegen die früheren Lehrer in der Kirche, besonders gegen Thomas von Aquin, den man doch nicht wird übertreffen wollen, und dem man doch wohl Beistimmung zollen wird, da die Kirche so sehr ihn stets geehrt hat! Und es wäre, wie man eben so deutlich kundgibt, eine Arroganz, wenn man irgend meinte und ausspräche, daß man in dieser oder jener Beziehung Besseres geleistet habe als jene. Wie soll also da noch ein intensives Weiterbauen auch in Beziehung auf Klarheit und Gründlichkeit nothwendig oder zulässig erscheinen? Dürfen einmal geltende Principien nicht gründlicher gefaßt, darf die Methode nicht eine Aenderung erfahren, dann ist weder größere wissenschaftliche Sicherheit und Gründlichkeit, noch auch größere Klarheit zu erstreben möglich; und Alles, was vom Weiterbau gesagt wird, sind leere Worte. Es sind da in der Philosophie nur mehr Commentare über die Bücher der früheren Autoren möglich, Erklärungen über die Erklärungen, Ansichten über die Ansichten, die Sache selbst verschwindet dem Blick, und nutzlose Streitigkeiten über das richtige Verständniß wissenschaftlicher Werke treten an die Stelle der wirklichen Forschung nach Wahrheit! Nein, entweder wage man es bestimmt und deutlich auszusprechen, daß die Wissenschaft, insbesondere auch die Philosophie, innerhalb des Christenthums gar keine Berechtigung habe, oder man gestatte auch die nothwendige Bedingung ihrer Existenz zu erfüllen, die Freiheit, das Vollziehen der ihr eigenen Gesetze, damit nicht eine in sich unwahre, bedeutungslose Scheinwissenschaft entstehe, und die Sache der Wahrheit und des Christenthums selbst compromittire. Die wahre Philosophie ist selbstständig in Bezug auf Gegenstand, wie in Bezug auf Princip und Methode. Ueber all das steht nur ihr selbst die Entscheidung zu; und es kann von einem bloßen Weiterbau eines angefangenen wissenschaftlichen Systemes nicht die Rede seyn, und ist in Zeiten gesunden wissenschaftlichen Strebens nie die Rede gewesen, weder im Alterthum, im heidnischen und christlichen, noch im Mittelalter, (sonst wäre die Scholastik selbst nicht entstanden); und kann auch in neuerer Zeit berechtigter Weise nicht gefordert werden. Die selbstständige Philosophie strebt nicht blos nach mechanischem Weiterbau, sondern in diesen unseren Tagen so großer Veränderungen und Fortschritte im geistigen Leben muß sie nach organischer Regeneration in Princip und Gliederung trachten. Sie will jetzt nicht mehr blos auf dürftige Kategorien oder gewöhnliche Axiome sich aufbauen, sondern auf die tiefste Natur des Menschen und der Menschheit, die subjective und objective Vernunft mit ihrem idealen Gehalte, als ihrem Grundprincip sich gründen und daraus sich organisch entwickeln; wodurch die Nothwendigkeit entsteht, daß alle einzelnen Theile früherer Systeme aus diesem zur Geltung gebrachten Principe wiedergeboren werden bei ihrer Aufnahme in dasselbe.[1]) Einen Beleg dazu geben die nunmehr zu einem Organismus mit einem bestimmten Grundprincip vereinigten Beweise für das Daseyn Gottes, die, wie schon früher erwähnt, losgetrennt von diesem Grundprincip, der immanenten Gottesidee und ihrer actuellen Erscheinung im allgemeinen Gottesbewußtseyn der Menschheit, nach den Erfolgen der neueren Kritik nur noch als todte Glieder erscheinen könnten.

---

[1]) S. m. Einleitung in die Philosophie ꝛc. S. 148 ff.

5. Bei all' dem stellen wir indeß weder die Berechtigung
noch die Thatsächlichkeit manichfachen Einflusses, und auch nicht
vielfache Förderung in Abrede, welche die Philosophie, deren eigent-
liches Princip die Vernunft ist, vom Christenthum erfahren hat
und noch erfährt. Die menschliche Vernunft ist ja, wie der
menschliche Geist überhaupt, der Einwirkung und Förderung von
Außen, durch Natur und Geschichte nicht blos fähig, sondern
sogar bedürftig; und darum wird durch mannichfache Beein-
flussung die Selbstständigkeit des Geistes und seiner Thätigkeit
nicht nothwendig aufgehoben, sondern vielmehr gefördert; obwohl freilich auch das Gegentheil möglich ist. Beruht ja auf
dieser Nothwendigkeit des Einwirkens von Außen alle pädagogische Thätigkeit; die aber natürlicher Weise nicht darauf ausgeht, Unmündigkeit und Unselbstständigkeit zu fördern, sondern
vielmehr Entwicklung zur Mündigkeit und Selbstständigkeit sich
als Ziel setzen muß. Je besser, angemessener diese historische,
pädagogische Einwirkung ist, desto naturgemäßer, vollkommener
wird der Geist, wird die Vernunft des Menschen sich entwickeln,
desto selbstständiger wird diese dann in ihrer Thätigkeit werden,
desto mehr auch leisten können. Daraus geht nun die Möglichkeit und Bedeutung des Einflusses des Christenthums auf die
Vernunft (und durch diese auf die Philosophie) von selbst hervor. Wenn Natur und Geschichte überhaupt in vielfacher Weise
einwirken auf die Vernunft in ihrer Entwicklung und Thätigkeit, dann sicher auch die historische Thatsache und der Inhalt
des Christenthumes; und um so förderlicher, besser, je vollkommener, besser das Christenthum ist, das Einfluß ausübt! Ist das
Christenthum die vollkommenste Religion, dann wird es auch
den besten Einfluß auf die Vernunft ausüben, dieselbe am besten
entwickeln und zum Gebrauch der Selbstkraft, zur Selbstständigkeit führen. Denn es gilt nicht der Grundsatz: je besser, ener-

gischer, vollkommener die Einwirkung und Anregung für die
Vernunft, desto unselbstständiger diese, sondern umgekehrt, die
beste, vollkommenste Einwirkung wird ihre natürliche Kraft und
Selbstthätigkeit am meisten zu fördern geeignet seyn. Demnach
wird die christlich gebildete und christlich angeregte Vernunft auch
in der Philosophie mehr zu leisten vermögen, als die nicht
christlich gebildete. Aber sie vermag dieß in der Philosophie
nicht, in wie fern sie gläubig ist, oder durch den Glauben als
Erkenntnißprincip, sondern in wie fern sie in ihrer Selbstkraft
gefördert, und dadurch erhöhter Thätigkeit und Leistung fähig
ist. Mag immerhin die Einwirkung des Christenthums auf die
Vernunft auch eine übernatürliche seyn, insofern dieselbe nach
Wissen und Wissenschaft strebt, ist ihre Thätigkeit keine über=
natürliche, sondern nur eine natürliche und durch das Christen=
thum natürlich geförderte, da es sich hiebei nicht um den christ=
lichen Glauben, sondern um das Wissen handelt. Die Ver=
nunft als forschende, wissenschaftlich thätige, wird durch diesen
Einfluß nicht selbst übernatürlich, sondern wird nur natürlich geför=
dert, gestärkt, erhöht, wird zu ihrer reinen, vollen Naturthätig=
keit entwickelt durch diese historische Wirkung des Christenthums,
da ohne angemessene historische Bildung dieselbe vielmehr in
einem unnatürlichen Zustand verharrt, und durch diese erst zum
wahrhaft natürlichen erhoben wird. Denn der Mensch ist eben
kein bloßes Naturwesen, sondern ein historisches, und dadurch
kommt seine volle Natur erst zur Geltung, daß er in das gei=
stige Reich des menschlichen historischen Gesammtbewußtseyns
eingepflanzt wird und da Nahrung und Entwicklung empfängt.
Und in diesem Sinne gilt Fenelon's Wort, daß die Philosophie
ohne die Glaubensbildung nicht bis an's Ende der menschlichen
Vernunft zu gehen vermöge.

Es liegt in der Natur des Wissens, Erkennens, daß es

nicht geschenkt, nicht angethan, sondern nur durch Selbstthätig=
keit errungen werden kann. Der Glaube und die Glaubenser=
leuchtung ist nicht selbst ein wissenschaftlicher Grund, und hilft
daher unmittelbar für die Wissenschaft nichts, wenn er auch
allerdings Erkenntnißstoff und Gehalt bietet, und wohl auch
Veranlassung werden kann zur Erkenntniß wissenschaftlicher
Gründe, und zu Erreichung von Einsichten, die ohne ihn nicht,
oder noch nicht gelungen wären. Und in dieser Weise kann der
Glaube beitragen zur Vervollkommnung der Philosophie. Aber
die Selbstständigkeit der Forschung verliert darum diese nicht,
und die objectiven Gesetze der Wissenschaft müssen nach wie vor
befolgt werden; wie ja auch subjectives Talent oder Genie zur
Erreichung der Vervollkommnung der Wissenschaft beiträgt,
ohne daß diese ihre Selbstständigkeit und Gesetzmäßigkeit auf=
zugeben braucht. Daher geben selbst die Theologen zu, daß
durch den Glauben und die Gnade (infusio und Inspiration)
nur Gewißheit der (subjectiven) Ueberzeugung, nicht eigentlich
Klarheit und Einsicht erlangt werde, d. h. nicht Begründung und
Erklärung, wie die Wissenschaft sie erstrebt und gewährt dadurch
daß sie den Inhalt in jene Formen bringt und auf jene natürlichen
Grundlagen der Einsicht stellt, welche an sich und für das Zeit=
bewußtseyn und nach dem Stande der übrigen Wissenschaften am
besten geeignet sind, Klarheit und Ueberzeugung zu gewähren. Der
Glaube kann daher nie unmittelbar für die Philosophie verwerthet
werden, und auf ihn kann sich diese nie gründen; demnach kann es
auch nie eine gläubige Philosophie geben (sondern nur allen=
falls gläubige Philosophen); denn die Philosophie ist eben ihrer
Natur nach Wissen, nicht Glauben, und ist wissend. —
nicht glaubend, wofern sie nicht in Widerspruch mit sich selbst
kommen will. Glaube (und Glaubensgnade) macht auch nicht
unmittelbar wissenschaftlich befähigter, nicht scharfsinniger, logi=

scher, genialer, sondern die Unterschiede wissenschaftlicher Be-
fähigung von Talent und Genie in verschiedenen Graden bestehen fort auch bei gläubigen Menschen. Auch wird die
wissenschaftliche Methode und Consequenz nicht unmittelbar gebessert oder gar unfehlbar gemacht; denn auch die Gläubigsten
und christlich Gebildeten können bei ihrer Forschung (wissenschaftlich) irre gehen und in Folge davon sogar ihre Ueberzeugung, die vielleicht die richtige war, verlieren oder ändern.
Man sieht also allenthalben, daß die Philosophie auch unter
dem Einfluß des Glaubens nicht aufhört und nicht aufhören
kann, natürliches Werk des Menschengeistes zu seyn und durch
natürliche Mittel und Gesetze zu Stande gebracht zu werden.
Wie fest also auch der Glaube seyn mag, wie stark und un-
erschütterlich die gläubige Ueberzeugung und Gewißheit, sie
bleibt im Glauben doch nur subjectiv, und kann nicht objective
wissenschaftliche Gestalt gewinnen. Diese ist nie möglich durch
den (eingegossenen) Glauben selbst, sondern nur durch wissenschaftliche Mittel, nach Grundlagen und Gesetzen der Wissenschaft. Die unmittelbare Einwirkung der Gnade und die Erleuchtung, die nach christlicher Lehre zum Glauben nothwendig
ist und mitwirkt, bleibt also subjectiv, kommt nur dem Philosophen selbst zu Gute, nicht unmittelbar der Philosophie. In
der Wissenschaft kann sich nämlich Niemand auf seine subjective
Ueberzeugung berufen, und sie als objectiven Grund geltend
machen. Und wie wir früher sahen, daß göttliche Auctorität
der Offenbarung der Wissenschaft weder zu Gute kommen kann,
noch auch ihre Freiheit aufheben darf, weil sie selbst erst zu
prüfen ist in Bezug auf ihren Offenbarungscharakter, so kann
auch göttliche Gewißheit des Glaubens der Wissenschaft nicht
zu Gute kommen. Die Wissenschaft, die Philosophie insbesondere, verzichtet aber auch auf göttliche, absolute Gewißheit und

Wahrheit; als menschliches Werk begnügt sie sich auch mit menschlicher Vollkommenheit, die sich gründet auf die menschlichen Erkenntnißorgane und auf das Vertrauen auf die Wahrhaftigkeit der eignen Natur und Vernunft; daher aber auch die Berechtigung stets neuer Untersuchung, und die Forderung steten Fortschrittes für die Wissenschaft nothwendig erscheint.

Es dürfte sich nun aber das Bedenken erheben, ob denn nicht doch die Vernunft, und zwar gerade in der Auffassung, in der wir sie geltend machen, als Vermögen, Organ des Vernehmens und Verstehens des Göttlichen[1]), und demnach in gewissem Sinn der unmittelbaren Erkenntniß und Schauung desselben — durch den Glauben und die Gnadeneinwirkung eine solche Bildung und Modifikation erhalte, daß diese Einwirkung sich auch geltend machen müsse in ihr, in wiefern sie als Princip der Philosophie als Quelle und Kriterium von Vernunft=Urtheilen sich bethätige. Ist die Vernunft durch den Glauben erleuchtet, so müssen ja, scheint es, nothwendig auch die Urtheile in diesem Lichte des Glaubens gefällt werden und also eine theologische (christliche) oder Glaubens=Philosophie auf diese Weise zu Stande kommen; und so die Philosophie auf den Glauben (gläubige Vernunft) sich gründen und von ihm abhängig seyn. Indeß auch so verhält es sich in Wirklichkeit nicht. Durch den Glauben, als psychischen Act, durch Bestimmung und Gewißheit allein ist noch kein Licht gegeben für die Vernunft, sondern erst durch den Inhalt des Glaubens, die Glaubenswahrheit; diese Glaubenswahrheit selbst aber ist nicht durch unmittelbare Vernunftschauung erkannt, sondern ist nur aufgenommen und als gewiß festgehalten durch den Glaubens=Act, durch die Glaubensthätigkeit, welche Hingabe und Bei-

---

[1]) S. m. Einleitung in die Philosophie ꝛc. S. 219. ff.

ſtimmung an die offenbarende Auctorität iſt. Glaube und unmit=
telbare Vernunftthätigkeit und =Urtheil ſind daher hiebei verſchie=
den; und Princip der Philoſophie iſt die Vernunft nicht in
wie fern ſie von einer andern Auctorität annimmt und glaubt,
ſondern in wiefern ſie ſelbſt thätig iſt, ſchaut und urtheilt.
Sie kann alſo zwar vom Glauben angeregt, gefördert werden,
aber dennoch in ihrer erkennenden Thätigkeit ſelbſtſtändig ſeyn.
Und darum ſind nicht blos die ſogenannten Verſtandes=Urtheile,
d. h. die nach allgemeinen Grundſätzen (die wir für die Philo=
ſophie als ſecundäre Principien der Erkenntniß bezeichnet haben)
erfolgen, ſelbſtſtändig neben dem Glauben, ſondern auch die
Vernunft=Urtheile (bei denen die Ideen als Kriterien gelten) ſind
unabhängig vom Glauben, durch eigene Thätigkeit und Einſicht
(Schauung) der Vernunft gewonnen. Ohne dieß wäre ohne=
hin wiederum eine Prüfung des Glaubens und der Glaubens=
Auctorität gar nicht möglich, da kein ſelbſtſtändiger, unbefan=
gener Standpunkt neben dem Glauben zu gewinnen wäre. Auch
ſind ja die Vernunft=Urtheile in der Wiſſenſchaft ſtets mit den
Verſtandes=Urtheilen verbunden, und erlangen durch letztere den
wiſſenſchaftlichen Charakter, während ſie dieſen (Verſtandesur=
theilen) wiederum die philoſophiſche Bedeutung gewähren. Ver=
nunft und Verſtand ſind im Gebiete der höheren Wahrheiten
nie zu trennen, ſollen wenigſtens nicht getrennt werden [1]. —

[1] Bei der ſchon oben erwähnten Annahme einer durch die Offenbarung
mitgetheilten „übernatürlichen Logik, Erkenntnißlehre und Ontologie“ kann
freilich dieß keine Geltung haben, denn hienach hat die natürliche Ver=
nunft und Thätigkeit nichts mehr zu ſchaffen im Gebiete des Chriſten=
thums. Es fehlt da jeder natürliche Anknüpfungspunkt für das wiſſen=
ſchaftliche Verſtändniß des Chriſtenthums, und eine chriſtliche Philoſophie
mit Apologetik iſt Sache der Prädeſtination oder des Fataliſmus. Dieſe
„übernatürliche Logik“ kann daher nicht allgemein geltende und anerkannte
ſeyn, ſondern nur als ſubjectives Privilegium gelten und geltend gemacht
werden. Und ſcheint dieſe ganze Annahme ohne Sinn und Bedeutung zu

Die Bildung also und Entwicklung, die der Glaube veranlaßt und durch welche die Vernunft in ihrer natürlichen Kraft erhöht und zur Erkenntniß fähiger gemacht wird, kann doch sicherlich nicht zur Unterjochung und Knechtschaft derselben gegründeten Anlaß geben, sondern es ist, — da die Selbstkraft und Thätigkeit erhöht wird, — dadurch vielmehr Berechtigung zu um so entschiedenerer Selbstständigkeit, Unabhängigkeit von jeder fremden Macht, und zum Geltendmachen der eignen gesetzmäßigen Thätigkeit gegeben. Es wäre in der That eine sonderbare Vervollkommnung der Vernunft durch das Christenthum, wenn sie dadurch um so unmündiger erscheinen müßte, je vollkommener die pädagogische Einwirkung wäre, und wenn der Menschengeist überhaupt durch die christliche Offenbarung um das höchste Gut, das seine Ehre, Würde und Bedeutung begründet, die Freiheit nämlich, und zwar gerade um die Freiheit in der höchsten Thätigkeit gebracht werden sollte!

Ohne Freiheit, d. h. ohne Recht den eigenen Gesetzen in der Begründung zu folgen, ist also wahre Wissenschaft nicht möglich, sondern nur eine Scheinwissenschaft, die nach Befehl, Zwang und Willkür verfährt, und darum ohne Ernst und Bedeutung ist. Auctorität und Unterwerfung kann für die Wissenschaft als Princip und Mittel der Erkenntniß nie etwas leisten, denn so weit wirklich wissenschaftliche Begründung stattfindet, wird die Erkenntniß nicht durch Auctorität und Gehor-

---

seyn, aber wahrscheinlich ist sie selbst nur durch das Privilegium der „übernatürlichen Logik, Erkenntnißlehre und Ontologie" erkennbar, und also nur jenen Auserwählten verständlich, denen Gott die Offenbarung mittheilt und dann in ihnen selbst auch dieselbe erkennt und nach übernatürlicher Logik sie zur Wissenschaft gestaltet; so daß etwa die Offenbarung in einem ähnlichen dialektischen Proceß sich selbst entwickelt im Geiste, wie nach Hegel die Dialektik des ganzen Daseyns. Wobei der Geist selbst dieser logischen Entwicklung gegenüber, auch nur, wie bei Hegel, das Zusehen hätte, und zudem davon gar nichts verstünde!

sam gewonnen und braucht diese nicht, um zu den entsprechen=
den Einsichten zu kommen; so weit aber etwas auf Befehl hin
und aus Gehorsam angenommen und behauptet wird, ist es
kein wissenschaftliches Ergebniß, keine Erkenntniß. Weder außer
noch in dem Christenthume kann daher die Wissenschaft und
insbesondere die Philosophie als ergebene, unterworfene Die=
nerin betrachtet und behandelt werden, kann nicht als ancilla
gelten, weder der Theologie noch irgend jemand Anderm dienst=
bar seyn. Man will uns zwar einreden, die Philosophie sey
selbstständig, sey als Wissenschaft frei auch in diesem Dienst=
verhältniß als ancilla der Theologie, denn sie habe ja ihre
eignen Principien, ihr besonderes Erkenntnißobject und ihr be=
sonderes Ziel. Allein das ist eine Freiheit, wie etwa die der
Heerde innerhalb der Umzäunung, oder der Gefangenen inner=
halb der umschließenden Mauern. So wenig diese frei sind,
weil sie die eigenen Füße zur Bewegung, und ihre eigenen
Hände zur Thätigkeit gebrauchen dürfen und sich auf den um=
schlossenen Gebiet beliebig bewegen können, so wenig ist die
Philosophie mit ihren eignen Principien frei unter der bestim=
menden, begränzenden Herrschaft der Theologie. — Aber wahre
Philosophie und wahre Theologie (mit Auctorität und Glau=
ben) können ja sich nicht entgegenstehen oder widersprechen,
also kann auch die Philosophie, da die christliche Offenbarung
und Theologie die wahre ist, keine wirklich wesentliche Hem=
mung in ihrer wahren Entwicklung erfahren, sondern diese ist
nur um so mehr gesichert! Das wäre ganz gut, wenn es so ein=
fach sich entscheiden ließe. Allein für die Philosophie als solche
existirt die christliche Offenbarung noch nicht als wahre vor der
Prüfung, sondern nur als Problem, das selbst erst durch die
Philosophie eine unbefangene Untersuchung und Lösung finden
soll. Und wenn es allerdings richtig ist, daß wahre Philoso=

phie und wahre Theologie sich nicht widersprechen können, so
kann ja dieser Umstand auch zu Gunsten der Freiheit der Philosophie gewendet werden. Man hat Ursache vor freier Forschung keine Besorgniß und Furcht zu hegen, sondern das Vertrauen in die gute Sache gerade darin zu zeigen, daß man die
eingehendste, unabhängigste Prüfung gestattet, damit jeder Schein
und Verdacht verschwinde, als sey die Auctorität und Offenbarung von der Philosophie nur deßhalb anerkannt, weil diese
dazu gezwungen sey. Die Anerkennung durch freie Wissenschaft
hat auch allein einen Werth für die Auctorität, nicht aber die
durch eine bloße Scheinwissenschaft. Demnach ist Grund vorhanden, auch die Erfüllung jener Bedingungen zu gestatten, ohne
welche wahre Wissenschaft nicht entstehen kann; zu ihnen gehört vor Allem die Freiheit. — Man hegt wohl auch die
Ansicht, die Unterwerfung der Philosophie unter die Theologie
könne jener nicht schaden, weil sie ja nur dazu diene, dieselbe
vor Irrthum zu bewahren und stets mitten in den Gefahren
des Forschens bei der Wahrheit zu erhalten. Die Unterwerfung könne also der Philosophie nur heilsam seyn, da die Theologie sie auf ihrem Wege beschütze und bewahre. Gewiß ein
Argument, das Naivität und Weisheit mit einander verbindet!
Daß hiebei das vorausgesetzt wird als gewiß, was erst bewiesen werden soll, braucht kaum erwähnt zu werden. Allein man
könnte zudem auf dieselbe Art auch beweisen, daß es heilsam
und daher berechtigt sey, die Menschen zu fesseln, in der löbli-
chen Absicht, dieselben vor Fehltritten und Verbrechen zu behüten, also daß sie nicht ihre Freiheit mißbrauchend, sich in's
Unglück stürzen. Der Schöpfer der Menschen hat wohl anders
gedacht, denn er gewährte ihm das Vermögen freien Wollens
und Handelns, also selbstständiger Thätigkeit mit der (nothwen-
digen) Möglichkeit des Mißbrauches und daran sich knüpfen-

den Mißgeschickes. So ist dem Menschen also die Fähigkeit
und Aufgabe geworden, die höchsten Güter des Daseyns, wozu
auch das der Wahrheit gehört, selbstthätig zu erstreben und sich
anzueignen, — auf die Gefahr hin, dieses Ziel möglicherweise
zu verfehlen und dieses Gutes nicht theilhaftig oder verlustig
zu werden.

Wenn übrigens der Wissenschaft Freiheit und Selbstän=
digkeit vindicirt wird, so wird damit nicht Berechtigung und
Geltung der Auctorität (und des Glaubens) bestritten oder in
Abrede gestellt, sondern zugleich anerkannt. Die Wissenschaft
kann und will nicht allein gelten in der Menschheit, sondern
sie will nur auch Geltung haben und die Möglichkeit ihrer
Existenz und Bedeutsamkeit sich wahren. Principiell kann die
Wissenschaft (Philosophie) schon deßwegen nicht gegen die Auc=
torität seyn, weil ihre Freiheit gerade darin besteht, die Wahr=
heit ungehemmt zu erforschen und anzuerkennen. Bewährt sich
also eine Auctorität als wahre, berechtigte, dann muß die Wis=
senschaft sie auch als solche anerkennen. Beide sind für die
Menschheit, ihr Gedeihen und ihre Entwicklung nothwendige
historische Mächte, die sich gegenseitig ergänzen zur Erhaltung
des Errungenen und zum Verbessern desselben und Streben
nach Neuem. Der Auctorität selbst, resp. den Trägern dersel=
ben kann es nur förderlich seyn, wenn sie der beständigen Prü=
fung von Seite der wissenschaftlichen Forschung ausgesetzt sind,
und vor Willkür, wie vor Stillstand und Erschlaffung bewahrt
werden durch die Nothwendigkeit beständigen Ringens mit der
Macht der Wissenschaft. Die Befugnisse und Gränzen beider
können aber, wie die menschlichen Verhältnisse mit ihrem Wech=
sel einmal sind, nicht genau bestimmt und ein für allemal fest=
gestellt werden. Genug, daß beide in der Tiefe der menschli=
chen Natur und durch deren Bedürfniß ihre Begründung ha=

ben und durch das anzustrebende Ziel der Menschheit ihre Auf=
gabe erhalten. — Wenn man von der Selbstständigkeit der
Wissenschaft Schlimmes befürchtet, da die Träger derselben
Mißbrauch üben können und oft geübt haben, und wenn man
oft ein Schreckbild entwirft von dem Zustande der geistigen
Anarchie und Zerstörung in den Ueberzeugungen der Menschen,
zu dem freie Forschung führen kann, so verwechselt man dabei
häufig die Freiheit, Meinungen und Secten zu bilden, mit der
Freiheit der Wissenschaft oder Philosophie, die nicht Secten=bil=
dend wirkt, weil sie keinen Glauben fordert, sondern Wissen
gewährt und in ihren Resultaten nur der eignen Forschung zu=
gänglich ist und diese fordert. Dann ist aber auch nicht zu
übersehen, daß auch die Auctorität, welche es auch sey, durch
ihre Träger des Mißbrauches fähig ist und oft mißbraucht
wurde, da ja die Träger auch noch sittlicher Verirrungen fähig
sind, vorherrschenden Neigungen und Leidenschaften ergeben seyn
können und die Auctorität im Dienste derselben allenfalls mehr
oder weniger zur Geltung bringen. Und sicher ist durch Miß=
brauch der Auctorität ebenso viel Unheil gestiftet worden in
der Menschheit, wo nicht mehr, als durch Mißbrauch der Wis=
senschaft.

Insbesondere die Auctorität in der christlichen Kirche hat
alle Ursache die Wissenschaft nicht zu beherrschen und zu
hemmen, sondern vielmehr in ihrer ächten Entwicklung zu för=
dern und als Bundesgenossin zu betrachten. Denn es gibt
keine Macht, welche die Zwecke der Kirche, die geistige Bil=
dung und Veredlung so zu fördern im Stande ist, wie die
Wissenschaft. Sie bietet also derselben die Möglichkeit, in an=
gemessener Weise, durch geistige Mittel, ihre Zwecke anzustreben
und zu erreichen, während äußere Mittel, Befehl und Zwang
nie wahrhaft zum Ziele führen; denn sie können nur Unter=

werfung wirken, nicht aber zur Ueberzeugung, zum Glauben, führen. Sie wirken insofern mehr schädlich als förderlich auf die menschliche Seele, da sie dieselbe zu Heuchelei verleiten oder zu innerem Ingrimm selbst gegen die Wahrheit veranlassen; so daß sie demnach sehr leicht zur Corruption statt zur Besse=rung, zur Veredlung führen.

Man meint vielleicht unsere Behauptung der Freiheit der Philosophie — auch innerhalb des Christenthums und der Kirche — durch die Frage in Bedrängniß zu bringen, was denn nun die freie Philosophie beginne, wenn sie mit der religiösen Auctorität und dem Glaubensinhalte in ihren Resultaten in Widerspruch gerathen sollte; ob sie da ernstlich in Opposition trete oder sich unter=werfe? Wir erwiedern: die Philosophie wird stets ihre Rechte und ihre Selbstständigkeit wahren müssen, wie die Auctorität ihrerseits; sie wird es aber thun mit Schonung und Vorsicht, und nicht ohne gründlichste Prüfung der Sicherheit und Uner=schütterlichkeit ihrer Resultate. Was der Philosoph persönlich dabei beginne, hängt nicht blos von wissenschaftlichen Gesetzen und Resultaten, sondern auch von seiner sonstigen Gesinnung und seinem Willensstreben ab; seine persönliche Unterwerfung aber kann nicht als eine Unterwerfung und Verzichtleistung auf selbstständige Forschung von Seite der Philosophie selbst gelten. Diese kann in keinem Falle das als wissenschaftliche Wahrheit bekennen und annehmen, was nicht als Resultat gewonnen ist, denn zu Heuchelei, Selbstbetrug und Abfall von sich selbst kann sie nie verbunden seyn; sie wird andrerseits aber auch kein Recht haben, das als Unwahrheit zu bezeichnen, wofür sie nur noch keine Gründe und Beweise gefunden und worüber sie keine Erkenntniß erlangt hat. In keinem Falle aber wird es ge=rechtfertigt seyn für die Auctorität, Gewalt und Zwang oder Verfolgung um wissenschaftlicher (wissenschaftlich gewonnener und begründeter) Resultate willen auszuüben. Daburch würde nicht blos das Recht der Wissenschaft gefährbet, sondern Religion und Auctorität selbst sind der höchsten Gefahr ausgesetzt, durch Eingriffe und Verfolgungen in dieser Beziehung sich zu compromittiren und ihr Ansehen zu schmälern. Pflegen doch positive Religionen hauptsächlich dadurch in Verfall zu kommen, die Hingebung der Geister zu verlieren und unterzugehen, daß sie mit den Resultaten der Wissenschaft in Conflikt kommen, sobald sie Bestimmungen über Dinge und Verhältnisse für wesentliche Glaubenslehren ausgeben, die sich als unhaltbar erweisen. Und wer möchte jetzt noch in Abrede stellen, daß selbst die katholische Kirche und ihre Auctorität kaum durch irgend etwas so große Beeinträchtigung gefunden hat und findet als z. B. durch die Behandlung Galilei's (wie es sich näher damit auch verhalten mag) und durch sein zum Sarkasmus gewordenes „e pure si muovo"! Schlägt doch selbst Gewalt und Zwang den unwissenschaftlichen, religiösen Meinungen gegenüber letztlich stets zum Nachtheil der verfolgenden Auctorität um, wenn auch Anfangs das Gegentheil der Fall zu seyn scheint! Die Verfolgungen, Gewaltthätigkeiten und Gräuel, die z. B. zum Schutze der christlichen, oder insbesondere auch der katholischen Religion verübt wurden, schienen zwar zu ihrer Zeit dem Abfall Einhalt zu thun oder die Ausbreitung zu fördern, in der Folgezeit aber sind sie als argumentum ad hominem gegen die Kirche gebraucht, um sittlichen Abscheu und Vorurtheile gegen sie zu erwecken; und während sie früher vielleicht dazu dienten, Tausende zwangsweise im Glauben zu bewahren, werden sie jetzt und später Veranlassung, daß Millionen diesen Glauben nicht annehmen. In der That wäre es auch sonderbar, wenn die christliche Kirche, die sich mit Recht rühmt durch friedliche, geistige Mittel gegründet und in die

Menschheit eingeführt zu seyn, und die z. B. den Muhamedanismus um seiner gewaltthätigen, blutigen Gründung und Ausbreitung willen verdammt, — wenn, sag' ich, die christliche
Kirche in Bezug auf ihre Erhaltung und Weiterverbreitung,
grundsätzlich und factisch anders verführe, und mit ungeistigen
Mitteln, und durch Verfolgung, durch Verhängung von Lebens-
drangsalen und Tod sich schützen und erhalten wollte! Mittel,
die in dem Maaße als ungeeignet und unberechtigt erscheinen,
als der eigentliche Geist gerade dessen, was sie schützen und
verbreiten sollen, erkannt und in Gesinnung und Willen lebendig wird — der Geist nämlich des Christenthums selbst. Wenn
dieß schon in Bezug auf Glaubens-Meinungen gilt, so noch
weit mehr in Bezug auf Freiheit und Recht der Wissenschaft,
die nicht Sache der Willkür, des Zufalls, der Schwärmerei
ist, und nie selbst zu gewaltthätigen Mitteln greifen kann und
darf, um sich geltend zu machen.

Was endlich Bedeutung und Wichtigkeit von Auctorität
und Wissenschaft betrifft, so ist gewiß die erste für die Menschheit, wie sie ist, unermeßlich wichtig und unumgänglich nothwendig. Die Erhaltung, Bewahrung und Mittheilung der
höchsten Güter der Menschheit ist durch sie bedingt; Erziehung,
moralische und sociale Ordnung ist durch sie bewahrt und der
gesicherte Fortschritt ermöglicht. Aber auch die Wissenschaft ist
wichtig und nothwendig, nicht blos für Erringung neuer Wahrheiten, neuen geistigen Besitzes, sondern auch für Verständniß
und beständige Belebung der schon vorhandenen geistigen Güter selbst, da ohne selbstthätige Betrachtung und Aneignung
durch die Kraft des Erkennens dieselben nur als unverstandenes Gut überliefert werden könnten und mehr und mehr wieder verloren gehen müßten. Die Wahrheit wirkt ihrer Natur
gemäß nur dann zur Veredlung und Beglückung des Menschen,

wenn sie nicht bloß als objectives Gut da ist in der Menschheit, sondern wenn sie subjectiv angeeignet wird; und zwar am
bildendsten und vollkommensten, wenn sie nicht bloß im Glauben und vom Willen angenommen, sondern von der Kraft,
für welche sie bestimmt ist ihrer Natur nach, wirklich ergriffen
und durchdrungen wird, von der Erkenntnißkraft. Und in so
fern kann man mit einigem Rechte sagen, daß die Wissenschaft
noch höhere Bedeutung habe als die Auctorität, da diese stets
nur als Vermittlungs-Organ für Sittlichkeit und intellectuelle
Bildung der Menschheit wirken, nie Selbstzweck werden kann,
während dagegen, wie das sittliche Wollen und Handeln, so
auch die subjective Aneignung der Wahrheit in der wissenschaftlichen Erkenntniß sowohl Mittel als auch Selbstzweck seyn kann
und muß, da die Thätigkeit und zugleich das Resultat derselben unmittelbar im Subjecte selber ist, und in Vollkommenheit
und Beseeligung desselben übergeht. Selbstthätigkeit und Selbst-
vereblung des subjectiven Menschen in jeder Beziehung ist das
Ziel aller andern Mächte und Mittel in der Geschichte, und
alle bezwecken also gerade das, was wir als Recht des forschenden Menschengeistes anerkennen und geltend machen; daß
er nämlich selbst thätig sey und wirke, sich vervollkomme, immer
selbstständiger werde und immer unmittelbarer mit dem Urquell
der Wahrheit und Vollkommenheit in Beziehung trete, nicht
bloß durch Anderes getragen und geführt werde. Wie sollte
also das was als das höchste Ziel aller geschichtlichen Bildung
und Entwicklung des Menschen, und als Aufgabe seiner Natur und Bedingung seiner wirklichen Beseeligung betrachtet
werden muß, nicht auch schon vom Beginn der Entwicklung
an Berechtigung haben und zur Anerkennung kommen dürfen!

III.

Unsere Lage.

———

Wenn, wie wir sahen, die Freiheit ein wesentliches Recht der Wissenschaft, und das Gedeihen dieser durchaus von derselben bedingt ist auch innerhalb des Christenthums und der Kirche, dann ist auch nicht blos die Berechtigung, sondern die Verpflichtung vorhanden, zur Hebung und Förderung der Wissenschaft davon Gebrauch zu machen, und dem Verfalle zu wehren, der aus dem Gegentheile erfolgen müßte. Die Mahnung hiezu tritt insbesondere auf das dringendste für das katholische Deutschland auf, wenn der Zustand der Literatur und Wissenschaft, wie er in der neueren Zeit sich gestaltet hat, in's Auge gefaßt wird. Denn dieser Zustand ist in der That beflagenswerth für dasselbe, und wenn wir nachforschen, was ihn denn hauptsächlich veranlaßt hat und noch veranlaßt, so zeigt sich uns, daß der Grund davon in nichts Anderm liegt, als darin, daß von der Freiheit, von dem Rechte der Wissenschaft von Seite der Katholiken Deutschlands theils kein Gebrauch gemacht wurde, theils ihnen auch die gebührende Selbstständigkeit nicht gewährt worden ist und nicht gestattet werden will.

Bekanntlich hat in der letzten Hälfte des vorigen Jahrhunderts und am Anfang der gegenwärtigen die Literatur und Wissenschaft in Deutschland einen ungewöhnlichen Aufschwung genommen in fast allen Gebieten der Forschung, so daß seit dem Höhepunkte des Mittelalters zum erstenmale wieder eine deutsche nationale Literatur sich bildete und zur Blüthe kam;

während bei den übrigen Völkern Europa's, den Italienern, Spaniern, Engländern und Franzosen die Glanzperiode natio= naler Literatur, das classische Zeitalter, schon früher eintrat. Das Eigenthümliche aber hiebei ist, daß, während die Zahl der Katholiken in Deutschland derjenigen der Protestanten minde= stens gleich ist, diese Wissenschaft und Literatur in Deutschland in unendlich überwiegender, ja fast ausschließlicher Weise von Protestanten ausgegangen und vom protestantischen Geiste, wenn auch in sehr verschiedenen Modifikationen durchdrungen ist; in Modifikationen freilich, die sich theilweise selbst als Gegensätze betrachten, und deren manche, wenn nicht gegen die Religion überhaupt, so doch gegen das Christenthum, auch in seiner or= thodor=protestantischen Auffassung sich negativ verhalten. Und, in der That, wenn im Auslande, in England, Italien, Frank= reich von deutscher (National=) Literatur und Philosophie die Rede ist, so wird diese in der Regel vollständig mit protestan= tischer Literatur und Philosophie identificirt. Die Millionen Katholiken Deutschlands sind in dieser Beziehung wie gar nicht vorhanden, werden mit ihren Leistungen gar nicht beachtet und gezählt. Eine deutsche Literatur und Wissenschaft, die zugleich als deutsch und zugleich als katholisch gelten könnte, wird nicht anerkannt, und gibt es in der That, als Ganzes auch gar nicht, wie das doch z. B. in Italien, in Frankreich der Fall ist. Die Katholiken Deutschlands gelten in dieser Beziehung, so zu sa= gen, als Null.

2. Ein so bemüthigender, niederschlagender Zustand ver= dient es wohl, daß man ihm endlich Aufmerksamkeit zuwende und den Gründen nachforsche, die ihn veranlaßt haben und veranlassen, um wo möglich dieselben zu beseitigen, verlorne oder vernachläßigte Rechte wieder zur Geltung zu bringen und Versäumnisse gut zu machen.

Als ein besonderer Grund erscheint nun allerdings sogleich die unbedingte Freiheit selbst, wie sie seit der Mitte des vorigen Jahrhunderts herrschend wurde, die ein üppiges Wuchern literarischer und strengwissenschaftlicher Bestrebungen auf protestantischem Gebiete ermöglichte, das zu einem Ueberwuchern der katholischen Geistesstrebungen werden und zu einer erdrückenden Herrschaft kommen mußte unter den gegebenen Verhältnissen. Alle geistigen Kräfte fanden da, wie freien Spielraum, so auch beständige Anregung in dem Widerstreite kämpfender Meinungen, und Ermuthigung in der Aussicht Beachtung zu finden und mit eignen Ansichten durchzudringen. So waren alle Talente angeregt und hervorgelockt, und wie viel Unkraut auch mitkeimen und wachsen mochte, es wurden dafür doch auch die ächten und großen Bestrebungen nicht gehemmt und unterdrückt, und es entstand allmählig in Deutschland, insbesondere auf dem Gebiete der Theologie und Philosophie, diese unermeßlich angewachsene Literatur, die, wie man auch über ihren religiösen Werth denken mag, doch jedenfalls als wissenschaftliche betrachtet eine großartige Erscheinung ist.

Ganz anders waren die Verhältnisse bei den Katholiken Deutschlands, die mitten in dieses Schauspiel reichster, ungebundenster Thätigkeit hineingestellt waren, und ihrerseits die Wissenschaft vom Standpunkt des Katholizismus aus pflegen, und ihre Leistungen zur Geltung bringen sollten. Nicht blos fanden sie von protestantischer Seite geringe oder gar keine Beachtung um der confessionellen Feindschaft und Geringschätzung willen, sondern auch schon deßwegen, weil sie sich nicht gehen lassen durften und darum für verwöhnte Geister zu wenig pikante Nahrung boten, (es sey denn bei ganz speciell confessioneller Polemik). Zudem aber wurden sie auch sonst durch eigenthümliche Verhältnisse, die sich in Bezug auf wissenschaft-

liche Strebungen innerhalb der Kirche selbst gebildet hatten, in
aller Weise gehemmt. Der Hauptgrund nämlich des geringeren
Gedeihens der Wissenschaft auf Seite der Katholiken Deutschlands
liegt in einer Beschränkung der Rechte und der Freiheit der
Wissenschaft, wie sie weder vom Geiste, noch von den Dogmen,
noch selbst vom Interesse der katholischen Kirche gefordert oder
auch nur als zulässig zu erachten ist.

Es ist nicht der katholische Standpunkt als solcher,
und es sind nicht die eigentlichen Dogmen, die das größte
Hemmniß der wissenschaftlichen Thätigkeit und Entwicklung bei
den Katholiken sind, wie die Gegner gewöhnlich meinen, son=
dern hemmend und verderblich sind in dieser Beziehung vor=
zugsweise aus alter Zeit stammende, in theologischen Schulen
und in Orden angenommene und festgehaltene philosophische und
theologische Meinungen und Ansichten, die als Consequenzen
oder Voraussetzungen der eigentlichen Glaubenssätze sich erge=
ben oder gelten sollen, und die mit so großer, wo nicht grö=
ßerer Eifersucht und Hartnäckigkeit bewahrt und vertheidigt
werden als die Dogmen selber. Jede Kritik und jeder An=
griff auf derlei Sätze und Ansichten oder auch auf das, was
damit in Verbindung steht, wird daher von solchen Schulen
und Richtungen mit Erbitterung wahrgenommen und verfolgt.
Und da es an einflußreichen Vertretern und Anhängern solcher
Schulen und ihrer Schulansichten nicht fehlt, so wird auch ge=
wöhnlich Alles aufgeboten, um die kirchliche Auctorität zum
Schutze derselben irgendwie zu veranlassen, den Gegner und
seine Kritik und eigne Ansicht mit dieser irgendwie in Con=
flikt zu bringen und als unkirchlich zu brandmarken, ihn als
einen Neuerer, als Revolutionär oder verirrten Menschen er=
scheinen zu lassen. Oft wird die Sache anfänglich nur in der
Weise eingeleitet, daß die angegriffene Schulmeinung als eine in

der Kirche geduldete, zugelassene dargestellt wird, die also auch
die wissenschaftliche Kritik nicht angreifen und verwerfen dürfe,
da diese doch nicht klüger und maßgebender werde seyn wollen
als die Kirche selber (d. h. die jeweiligen Träger der Auctorität). Ist dieß nun einmal bewerkstelligt, dann ist schon
ein fester Stand gewonnen dem mißliebigen Kritiker und Gegner gegenüber. Da er nämlich eine in der Kirche geduldete
Ansicht angreift, so greift er — lautet der schon kühnere Schluß —
eine kirchliche Ansicht an, und er selbst und seine Ansicht
sind unkirchlich, weil diese, wenn sie eine neue seyn will, in
der Kirche noch nicht vorhanden, also von ihr noch nicht geduldet war; eine (neue) Ansicht aber, die in der Kirche nicht
lange Zeit schon geduldet (vorhanden) war, kann offenbar keine
Gleichberechtigung beanspruchen mit einer geduldeten, und darf
noch weniger diese angreifen und verdrängen wollen; sie hat
also dieser gegenüber kein Recht. So nimmt also die Sache
mit diesem Wechselspiel von kirchlich geduldet und kirchlich, und
neu und unkirchlich den schönsten Verlauf, und die Resultate selbst
der größten wissenschaftlichen Anstrengungen, wenn sie mit solchen theologischen Schulmeinungen in Conflict kommen, werden
als verwerfliche Neuerungen dargestellt und oft als solche be-
funden, auch wenn sie mit den Dogmen selbst nicht im mindesten Widerspruch stehen. Daß bei solchen Verhältnissen von
einem wissenschaftlichen Fortschritt nicht die Rede seyn könne,
versteht sich von selbst; es ist ja grundsätzliche Opposition dagegen vorhanden, die Ehre der alten Schulen ist ja dabei im
Spiele und die Rechthaberei kann durch einflußreiche Verbin-
dungen sich geltend machen.

In der Regel werden dann auch für solche Schulmeinungen ganze Reihen von Auctoritäten hergezählt, die alle sie angenommen, vertheidigt und das Gegentheil verworfen haben;

theologische Auctoritäten, die häufig derselben Schule angehö-
ren, von denen Eine der andern nachgesprochen hat, und der
der Schule gemäß nicht anders sprechen durfte. Nun bilden sie
eine geschlossene Masse und sollen durch ihr Ansehen die Gründe
ersetzen und die Gegengründe niederschlagen. Man entscheidet
durch Auctoritäten und zwar oft durch so schulmäßig zusammen-
hängende Auctoritäten, nicht mehr durch wissenschaftliche Gründe[1]).

Wer nun nicht in dieser Weise zu verfahren sich entschließen
mag, sondern nach Gründen entscheiden und selbst neue Ansichten
nicht scheuen will, wenn sie als Resultate sich ergeben, der wird
wiederum folgegemäß als unkirchlich verschrieen und verdäch-

---

[1]) Ein eclatantes Beispiel dieser Art und überhaupt ein Beispiel von
Verketzerungssucht gibt Jos. Kleutgen (S. J.) in seinem Werke:
„Die Philosophie der Vorzeit" (Münster 1860) S. 353. Nach-
dem meine Generationstheorie, die in dem Werke „Ueber den Ursprung
der menschlichen Seelen" dargestellt ist, lange genug hin und her gezogen
worden und die Verketzerung nicht recht gelingen will, heißt es endlich:
„Indem man ferner jenes Hervorbringen der im Saamen verborgenen
Lebenskraft, welches in der Zeugung die Hauptsache ist, für eine Schöpfung aus nichts gehalten wissen will, geräth man bei Vermeidung der
Härese Plato's von den ewigen Ideen in den Irrthum der Gnostiker,
der den Geschöpfen die Macht zu erschaffen beilegt. Und man entgeht
dem Urtheil, das über diesen die Kirche längst gesprochen, dadurch nicht,
daß man jene Schöpfungsmacht eine secundäre nennt, weil sie von
Gott verliehen, an gewisse Gesetze gebunden und von der Mitwirkung
Gottes abhängig sey. Denn es gibt durchaus keine Kraft der Geschöpfe,
die nicht in diesem Sinne secundär wäre. Daß also Gott den Geschöpfen
eine solche secundäre Macht zu schaffen verleihen könne, haben wenigstens Durand und Biel behauptet, während alle andern Theologen auch
dieß als irrthümlich verwerfen. Daß aber Gott diese Macht verliehen
habe, daß in dieser bestehenden Welt irgend ein Geschöpf irgend etwas
aus nichts erschaffe oder erschaffen könne, erklären alle Theologen ohne
Ausnahme für eine offenbare Härese." — Gott sey Dank, daß wir es
endlich wissen, daß nicht blos die höchste kirchliche Lehr-Auctorität, der
Papst in Uebereinstimmung mit der gesammten lehrenden Kirche, Dogmen
erklären und Häresien bestimmen kann, sondern daß dieß auch die Theologen zu thun vermögen, so daß wir uns in der Philosophie vor Allen wohl
bei diesen, insbesondere bei den citirten Größen aus dem Jesuiten-Orden

tigt, da er nicht blos so lange in der Kirche geduldete, sondern
auch von den angesehendsten Lehrern in derselben vertheidigte
Ansichten angreife. Als Zugabe wird ihm noch Unbescheidenheit und Arroganz zum Vorwurf gemacht, da er es wage,
klüger seyn zu wollen, als so große Lehrer in der Kirche der
Vorzeit, und sich anmaße sie zu kritisiren und zu verbessern.
Darum soll nun nicht bloß die Wahrheit, sondern auch die
rechte Auffassung und Erkenntniß derselben einzig aus der Vorzeit gewonnen, als Traditionsgut übernommen werden. Die
Wissenschaft der höheren Wahrheiten ist nur mehr Gelehrsam-
keit, sie hat nur mehr die früheren Werke und Ansichten kennen
zu lernen, zu sammeln, zu commentiren; in ähnlicher Weise,
wie etwa die Zeitgenossen Galilei's die Physik und Astronomie

---

zu erkundigen haben, was sie für Dogma und was für Häreste zu halten
belieben! Denn auf das Belieben scheint es ja anzukommen, da wir
von Gründen schlechterdings nichts hören. Ob die Gründe, welche die
Theologen für ihre Ansicht vorbringen, stichhaltig seyen oder nicht, ob sie
nicht durch genauere Naturerforschung entkräftet seyen, darnach wird nicht
gefragt. Eben so wenig wird untersucht, ob die Gründe für die neue
Ansicht stichhaltig seyen oder nicht; genug, es ist eine Ansicht, die die
Theologen bisher nicht hatten oder für unharmonisch mit dem Dogma hielten,
wenn auch unbegründeter Weise! Aber sieht man denn nicht ein, daß,
indem man dieß für ächt katholisches wissenschaftliches Verfahren ausgibt,
man die katholische Wissenschaft blamirt? Könnte man nicht, wenn diese
Art der Argumentation einmal Geltung haben soll, ebenso und mit weit
mehr Grund das Copernikanische Weltsystem für häretisch erklären, da gewiß weit einstimmiger die Theologen das Ptolomäische System für das
richtige, mit der hl. Schrift und dem Dogma übereinstimmende, erklärt
haben? Wenn es eine secundär-schöpferische Macht der Fortpflanzung
durch Generation nicht gibt, wodurch entstehen dann die Thiere? Entweder nun auch durch unmittelbare göttliche Creation, die man in diesem
Falle doch nicht zugeben mag, oder sie werden, indem nichts Neues eigentlich dabei entsteht, durch die Elementenstoffe selbst hervorgebracht, indem
diese, ohne ein neues Lebensprincip (neugeschaffenes Leben) zu bedürfen, sich nur in anderer Form zusammenthun. Eine Behauptung, die
man wohl bei den Materialisten findet, schwerlich aber bei den katholischen
Theologen und in der christlichen Kirche!

studiren, die Natur erforschen und erkennen wollten „durch Ver-
gleichung der Terte" der alten Schriftsteller, nicht durch Beob-
achtung der Naturdinge und -Wirkungen selber.

Möchten indeß immerhin Schulen und Schulmeinungen
bestehen und sich geltend machen, möchten immerhin Schulen
und Orden besondere Meister und Patrone unter den früheren Kirchenlehrern oder Scholastikern sich wählen und auf ihr
Wort schwören, deren Ansichten festhalten, lehren und vertheidigen,— dieses allein würde noch kein so wesentliches Hinderniß
wissenschaftlichen Fortschrittes seyn! Schulen haben sich stets
gebildet, sich anschließend an hervorragende Männer und deren
Systeme; und wenn sie auch ihre Schattenseiten haben und
dem Fortschritte der Wissenschaft, der unbefangenen Forschung
häufig ein Hinderniß waren und sind, so haben sie in Bezug
auf Ausbreitung, Befestigung und Durchbildung bestimmter
wissenschaftlicher Resultate auch ihre guten Wirkungen. Allein
die philosophisch-theologischen Schulen mit ihren Schulmeinungen innerhalb der katholischen Kirche wollen sich nicht damit
begnügen dieselben als wissenschaftliche Resultate und Ansichten geltend zu machen und mit wissenschaftlichen Gründen zu
behaupten, sondern pflegen, wie schon oben erwähnt, dahin zu
streben, sie als einzig **kirchliche** Lehrmeinungen geltend zu
machen und den Dogmen gleichzustellen, indem sie jeden Angriff dagegen und jede abweichende Ansicht als ketzerisch ver-
schreien. Daß es eine ebenso horrende Anmaßung sey, als ein
schreiendes Unrecht gegen die Mitglieder der katholischen Kirche,
Schulmeinungen für dogmatische Wahrheiten auszugeben[1]) und
Andern als solche aufzubringen, wird dabei nicht beachtet, weil

---

[1]) In der Constitutio Benedict. XIV. v. J. 1753 (Qua methodus praescri-
bitur in examine et proscriptione librorum servanda) §. 22. ist übrigens dieß auch ausdrücklich verboten.

das Unrecht in der einmal eingetretenen und angebildeten Be=
fangenheit nicht mehr zum Bewußtseyn kommt. Die Beein=
trächtigung der kirchlichen Auctorität, der doch jedenfalls allein,
wenn ein rechtlicher Zustand bestehen soll, das Recht zukommt,
zu bestimmen, was dogmatisch ist und was häretisch, wird
ebenso wenig gefühlt, da sich solche Meinungen mit dem Schein
der Kirchlichkeit zu umgeben und ihr widerrechtliches Streben
durch den Schein orthodoxen Eifers zu verdecken wissen.

Zu diesem kommt noch eine eigenthümliche Art von Kri=
terien für den kirchlichen und christlichen Charakter von Lehren
und Ansichten, die auch der strengen Wissenschaft gegenüber
geltend gemacht und dieser in besonderem Maaße gefährlich
und hemmend werden. Es wäre, sollte man denken, der stren=
gen Wissenschaft und Philosophie gegenüber genug, wenn die
Dogmen klar und bestimmt geltend gemacht und jede Leugnung
oder Bestreitung derselben als unkirchlich bezeichnet würde.
Allein mit den wirklichen Dogmen begnügt man sich bei wei=
tem nicht als Kriterien bei Beurtheilung der Leistungen der
Wissenschaft. Da wird vielmehr auch noch unterschieden, was
ärgerlich ist, was nach Häresie schmeckt, was fromme Ohren
verletzt u. s. w. Und all das wird als Schranke der wissen=
schaftlichen Forschung (nicht blos der practisch kirchlichen und
erbaulichen Literatur) gegenüber geltend gemacht, und als Kri=
terium der Kirchlichkeit und Wahrheit in Anwendung gebracht!
Da ist nun der subjectiven Meinung, Beschränktheit, Leiden=
schaftlichkeit willkommener Anlaß geboten, sich der Forschung
gegenüber zur Geltung zu bringen; und die Unwissenschaftlich=
keit und Geistes=Armuth erhält (unter den gegebenen Verhält=
nissen) reichliche Gelegenheit über die Wissenschaft abzuurthei=
len, oder wenigstens ihr Hemmung zu bereiten. Daher ge=
schieht es, daß so Manche, welche für ihre wissenschaftliche Aus=

bildung keine ernste Anstrengung gemacht und kein Opfer ge=
bracht haben, dennoch mit ihren frommen Fühl=Organen über
die wissenschaftlichen Leistungen Anderer, welche der Erforschung
der Wahrheit alle Kraft und Arbeit des Lebens zugewendet,
Gericht halten und Verdammungsurtheile aussprechen oder ver=
anlassen. Da finden sich besondere Aufspürer, welche die wis=
senschaftlichen Werke ihrer Glaubensgenossen nur deßwegen be=
achten und mustern, um nachzuspüren, ob nicht etwas nach
Häresie Schmeckendes oder frommen Ohren Anstößiges darin
zu finden sey. Findet sich nichts, dann wenden sie weiter dem
Werke keine Aufmerksamkeit zu, denn lernen wollen sie nichts,
— von neueren Schriftstellern schon gar nicht; zeigt sich aber
etwas, was über den beschränkten Gesichtskreis hinausgeht oder
als ungewöhnlich und neu erscheint, dann ist erwünschte Gele=
genheit zur Denunciation und zur Ostentation orthodoxen Ei=
fers gegen den unkirchlichen Neuerer geboten.

Nun möchte man dagegen wohl sagen, daß unmöglich die
subjectiven Frömmigkeitsorgane und deren Aufspürungen und
Aergernißnahmen an ernsten wissenschaftlichen Werken, diesen
selbst Hindernisse und Schaden bereiten können, da ja nie der
Einzelne dieselben verurtheilen und verbieten kann, sondern ge=
rade in der katholischen Kirche ein besonderes, auctoritatives
Institut vorhanden ist zur legitimen Prüfung und Beurtheilung
solcher Werke — nämlich die Congregation des Index der verbo=
tenen Bücher. Wohl richtig, und die Aufgabe desselben sollte
in der That keine andere seyn, als ebenso wohl die kirchliche
Lehre, als auch das wissenschaftliche Streben vor Willkür und
unberechtigter, leidenschaftlicher und einsichtsloser Beeinträchti=
gung zu schützen. Leider aber kann man nicht sagen, daß dieß
Institut gegenwärtig diese Aufgabe erfülle, vielmehr dient es
gerade dazu die gerügten Uebelstände zu pflegen, zu erhalten,

so daß in der That nicht blos der Wissenschaft und Bildung
der Völker, sondern der Kirche selbst schließlich daraus mehr
Schaden als Gewinn und Förderung erwachsen muß. Da hiemit allerdings eine nicht geringe Klage ausgesprochen ist, so
ist es selbstverständlich nothwendig, durch nähere Untersuchung
der Sache sie zu rechtfertigen. Es ist zudem nicht so fast eine
Anklage beabsichtigt, als vielmehr ein Nothruf und ein Act der
Nothwehr für die Wissenschaft, insbesondere im katholischen
Deutschland.

Wir sind keineswegs gemeint, der kirchlichen Auctorität das
Recht abzusprechen, insbesondere die populäre und religiöse Literatur zu beaufsichtigen und zu prüfen, ja wollen selbst zugestehen, daß es der Kirche zukomme, wissenschaftliche Werke, wo
es nothwendig erscheinen sollte, zu prüfen und über den kirchlichen oder unkirchlichen Charakter derselben ein Urtheil auszusprechen; obwohl in unserer Zeit die Bedeutung und der
thatsächliche Gewinn solcher Censur für die Kirche sicher nicht
groß ist. Was aber durchaus gefordert werden muß, sowohl
im Interesse der Religion, als der Wissenschaft und der persön-
lichen Rechte der Autoren, das ist ein durch Gesetze ge-
ordnetes Verfahren, und sind unbefangene Richter. —
Die Gesetze nun, die in Betreff der Prüfung der Bücher und
in Betreff des Verfahrens gegen die Autoren bestehen, sind immerhin anerkennenswerth und würden manche Gebrechen beseitigen, wenn sie befolgt und nicht in willkürlich gebildetem
Usus außer Acht gelassen würden [1].

---

[1] Dieß gilt sowohl von den Regeln des Trid. Conc. als auch insbesondere
von der Constitutio Benedict. XIV. v. J. 1753 (Sollicita ac provida).
Viele Bestimmungen z. B. von regula X. Conc. Trid. werden übrigens
unter unsern ganz veränderten Verhältnissen gar nicht mehr geltend gemacht, so daß das Verfahren hier mehr und mehr ein arbiträres geworden ist.

Ein Hauptgebrechen bei diesem Usus besteht vor Allem
darin, daß die Anzeige der zu prüfenden oder zu verurtheilen-
den Bücher nicht nothwendig von den rechtmäßigen Behörden, den Bischöfen auszugehen hat, sondern den Privat-
Denunciationen überlassen oder wenigstens gestattet ist, so daß
schon dadurch der einzelne Autor persönlicher Anfeindung und
Verfolgung preisgegeben, das kirchliche Institut gar oft zu einem Werkzeug hiefür herabgewürdigt wird, und dasselbe der
schlechten Leidenschaft der Denunciation erwünschte Gelegenheit
bietet, sich geltend zu machen.

Die rechtmäßigen Kirchenvorsteher haben oft, ja gewöhnlich, gar keine Kunde von der Denunciation der wissenschaftlichen Werke, sondern mit Umgehung derselben werden die ihrer
Auctorität und ihrem Schutze untergebenen Autoren in ihren
Werken verfolgt und verurtheilt. Zu diesem Behufe findet sich
stets eine Anzahl Solcher, die privatim die Oberaufsicht führen
zu müssen glauben über die Kirche, die Wissenschaft und die
Vorsteher der Kirche, die Bischöfe selber. Diesen gegenüber
sind, da kein Recht und Gesetz gegen sie schützt, die wissenschaftlichen Forscher rechtlos, und selbst die rechtmäßigen Oberhäupter
der Diöcesen werden in ihren Rechten und Befugnissen beeinträchtigt, und es wird in abnormer Weise eine Art Centralisation
auch in der Kirche hergestellt, die nie und nirgends zum Guten
gereichen kann. Nun ist zwar leider nicht zu verhindern, daß
Persönlichkeiten von denunciatorischem Charakter, und solche, die
keine gesetzmäßige Herrschaft erlangen können, sich durch geheimen ungesetzlichen Einfluß zu entschädigen suchen, — allein diesem Uebel wäre abzuhelfen, wenn bei dem Oberhaupte der
Kirche oder den Behörden desselben in unserm Falle nur Anzeigen und Anträgen, die von der gesetzlichen Stelle ausgingen,
Folge gegeben, dem geheimen Denunciantenthum aber sowohl

um des gesetzlichen Schutzes und Rechtes der Autoren, als auch
um der Würde und gesetzlichen Ordnung der Kirche willen, je=
der Einfluß versagt bliebe. Dem Oberhaupte der einzelnen
Diöcesen werden doch sicher stets Männer zur Seite stehen,
die wissenschaftliche Bildung haben und kirchliche Gesinnung,
und die zugleich nach den nationalen Eigenthümlichkeiten und
den wissenschaftlichen Bedürfnissen der einzelnen Länder und
Zeiten die Werke der Wissenschaft zu beurtheilen verstehen [1]).

Nun wird man freilich sagen: wenn noch so sehr Denuncia=
tionssucht, Neid, Privathaß und Verfolgung neben reinen Absichten
bei solchen Anzeigen verdächtiger oder verdächtigter Werke sich geltend
machen, durch das kirchliche Institut in Rom, durch die Congrega=
tion des Index und ihr Verfahren sey ja dennoch alle blos subjec=
tive Rücksicht wieder aufgehoben und werde alles Unrecht gegen
den Einzelnen vermieden. Allein dieß wäre, wie die menschli=
chen Verhältnisse sind, kaum möglich auch bei der vollkommen=
sten Einrichtung und Praxis desselben, um so weniger aber
bei dem Zustande, in dem es sich gegenwärtig befindet, der,
offen gesagt, kein solcher ist, daß er Vertrauen erwecken könnte.
Zwar weiß ich wohl, daß man schon ein solches Bedenken, eine

---

[1]) Damit will ich durchaus nicht gesagt haben, daß wissenschaftliche Werke
etwa vor ihrem Erscheinen der bischöflichen Prüfung unterzogen werden
und mit bischöflicher Approbation erscheinen sollen. Ich halte dieß (bei
wissenschaftlichen Werken) für ein durchaus ungeeignetes, ja schädliches
Verfahren; schädlich sowohl für die Wissenschaft, als für die kirchliche Auc=
torität selber. In wissenschaftlichen Werken können durchaus nur wissen=
schaftliche Rücksichten geltend gemacht werden, und ist für den einzelnen
Forscher ein eigenthümliches und mitunter kühneres Verfahren geboten,
das die kirchliche Behörde nicht verbieten darf, wofür sie aber auch durch
eine Approbation keine Verantwortlichkeit zu übernehmen hat. Die kirch=
liche Auctorität soll durchaus nicht in die wissenschaftlichen Kämpfe und
Schwankungen verflochten werden, sonst leidet sie ebenso selbst Schaden,
als sie durch nöthige Rücksichten den rein wissenschaftlichen Charakter der
Untersuchungen stört und verdirbt.

solche Aeußerung als Impietät, als Unkirchlichkeit, als Unge=
setzlichkeit, wo nicht gar nach Häresie schmeckend zu bezeichnen
geneigt ist; denn leider ist schmeichelnde Schönfärberei, urtheils=
lose Hingabe und blinde Unterwürfigkeit auch in diesem Ge=
biete nach menschlicher Art oft, vielleicht gewöhnlich, willkom=
mener gewesen als offene Darstellung der Wahrheit und Drin=
gen auf Abstellung von Mißbräuchen und Mißverhältnissen,
sey diese zum Heile des Ganzen auch noch so nothwendig. Und
in der Regel wird denen, die Abhülfe gewähren können, die
Wahrheit verborgen und ihr Urtheil getrübt und hintergangen,
so lange bis die Gewalt der Umstände sich trotzdem geltend
macht und schließliche Bereitwilligkeit zur Abhülfe zu spät
kommt. Was, Mißbräuche? höre ich entrüstet rufen. Welche
unkirchliche, unehrerbietige Beschuldigung! Wären Mißbräuche
da, das hohe Oberhaupt der Kirche hätte sie gewiß längst ab=
gestellt, und ein Unbefugter hat davon nicht zu reden! Und
wenn jeder sich anmaßt von Mißbräuchen zu reden, wie soll
da Achtung der Auctorität und wie Ordnung möglich seyn? Ge=
wiß —, wir zweifeln keinen Augenblick, — werden Mißbräuche
gehoben, wenn sie dem Oberhaupte richtig zur Kunde gebracht
und als solche dargestellt, nicht aber verdeckt oder gar durch
Scheingründe gerechtfertigt werden. Diese entrüstete Sprache aber
und die, die sie sprechen, kennen wir. Wo sie einmal unbe=
dingt zur Geltung kommt und Recht behält, da entstehen hoff=
nungslose Zustände, da ist jeder Mißbrauch geheiligt, jede Bes=
serung unmöglich gemacht, und schließlich tritt nur gewaltthätig
eine Aenderung ein. Beispiele dieser Art bietet die Geschichte
oft, und insbesondere auch der neuesten Zeit fehlt es nicht daran.
Solche Zustände und Grundsätze mögen im Oriente noch am
Orte seyn, im Abendlande ist ihre Zeit vorüber, da nüchterne
Betrachtung und geistige Bildung und Selbstständigkeit schon

zu sehr durchgedrungen sind. — Die wahren, die höchste Auc=
torität wirklich achtenden Grundsätze gebieten vielmehr, daß man
um der Ehre und Achtung der Auctorität willen Mißbräuche
nicht aufkommen lasse, und Uebelstände, die ihr nachtheilig wer=
den könnten, aus allen Kräften zu beseitigen trachte, nicht aber
daß man dieselben der Auctorität selber zuschiebe, durch diese
sie decken und verewigen wolle und den Schein hervorbringe,
als sey die Auctorität untrennbar damit verbunden und müßte
mit ihnen zugleich gestürzt werden. Man wird hiedurch das,
was nun einmal nach rechtlicher Beurtheilung ein Uebel oder
Mißbrauch ist, nicht als recht und gut zur Geltung bringen
können vor dem gesunden Urtheil, und wird die hervortretende
Mißstimmung nur auf die Auctorität selber überleiten, die man
doch gerade behüten wollte. Das möge man bedenken, und
darnach die vorliegenden Erörterungen beurtheilen.

... Das Institut zur Prüfung wissenschaftlicher Werke, die
mit dem Glauben irgendwie in Beziehung stehen, die Congregatio Indicis librorum prohibitorum, entspricht, sagten wir, nach
Allem was davon kund geworden, insbesondere wenn man den
in der Praxis herrschend gewordenen Usus betrachtet, den Zeit=
verhältnissen und Bedürfnissen nicht mehr und ist nicht der
Art, daß man Vertrauen dazu haben könnte. Schon die Re=
ferenten und Richter, die dabei thätig sind, kann man unmög=
lich als geeignet und als competent betrachten, in diesen Din=
gen unbefangen zu urtheilen. Es sind dabei nur die alten
Schulen und Schulmeinungen, oder eigentlich hauptsächlich nur
Eine Schule und deren Meinungen vertreten, nämlich die des
Thomas von Aquin, und darnach werden die Werke der neue=
ren Wissenschaft beurtheilt und verurtheilt. An die Stelle der
kirchlichen Lehre ist eine Schule als Maaßstab und Kriterium
der Kirchlichkeit und Christlichkeit wissenschaftlicher Versuche

getreten. Das Urtheil wird jedenfalls hauptsächlich von denen
bestimmt, die in dieser Schule gebildet und mit deren Schulmeinungen wie mit Vorurtheilen behaftet sind. Mögen Referenten und Richter noch so guten Willen haben, sie werden
selbst unwillkürlich nach ihrer Schule urtheilen, und Widerspruch
gegen diese wird ihnen als unkirchlich und verwerflich erscheinen. Ja sie dürfen gar nicht unbefangen urtheilen, sondern
sind verpflichtet, die Lehren ihrer Schule aufrecht zu erhalten
und geltend zu machen. Die Dominikaner nämlich schwören geradezu
auf Thomas von Aquin, und die Jesuiten verpflichten sich ebenfalls,
dessen Lehre zu vertheidigen [1]). Wir sind leider über unsere Richter
sehr im Dunkeln gelassen, doch dürften gegenwärtig diese beiden
Orden, wo nicht ausschließlich, doch jedenfalls hauptsächlich die
Urtheile der fraglichen Congregatio bestimmen. Wie soll da
ein wirkliches Vertrauen möglich seyn, wie die neueren wissenschaftlichen Werke und neue Versuche insbesondere in der Phi-

---

[1]) Hr. Plaßmann O. P., der durch Charlatanerie und Arroganz der Schule
des hl. Thomas von Aquin in Deutschland Eingang zu verschaffen sucht,
plaudert auch hierüber redselig aus („Schule des hl. Thomas von Aquin
wiedereröffnet ꝛc." I. B. S. 26): „Durch Rescripte mehrerer Päpste, die
jüngst noch durch Pio IX. bestätigt worden sind, leisten in den Dominika-
nercollegien die Promovenden ad gradum magisterii außer der gewohnten
professio fidei auch das juramentum de sectanda D. Thomae doctrina.
In Rom weiß man sehr wohl, was ein Eidschwur zu bedeuten hat." Und
S. 28 sagt er von der Gesellschaft Jesu: „Nicht blos die Constitutionen
des hl. Ignatius verpflichten die Mitglieder der Gesellschaft, fest zu halten
am hl. Thomas, sondern die fünfte Generalcongregation setzte ausdrücklich
fest: ut Thomam tanquam proprium Doctorem habeant et sequi te-
neantur. Und reg. 13 pro theologiae professore sagt: Non satis est,
Doctorum referre sententias et suam reticere, sed defendat opinionem
St. Thomae vel quaestionem ipsam omittat. — Dasselbe beschloß durch
specielle Decrete die Congregatio Barnabitarum und das Oratorium!" —
Wenn also Referenten und Richter auf Schulmeinungen geschworen, sich
im Gewissen zu ihnen verpflichtet haben, wie sollen dieselben nicht zugleich
Maaßstab bei der Beurtheilung wissenschaftlicher Werke werden!

losophie (und Theologie) eine unbefangene, gerechte Würdi=
gung finden können? Dürfen doch diese Referenten und Rich=
ter andern Ansichten gar keine Anerkennung zollen, wenn
sie nicht ihren Eid, ihr Gewissen verletzen wollen! Wie
kann unter solchen Verhältnissen von einem Gedeihen wirklicher,
zeitgemäßer Wissenschaft die Rede seyn? Mögen immerhin
diese Orden in ihrer Weise die Wissenschaft pflegen und ihres
Meisters Lehre verkünden und vertheidigen, es soll uns er=
wünscht seyn, wenn sie es mit Ernst und Kenntniß thun, aber
Richter über die ganze Wissenschaft innerhalb der Kirche, ins=
besondere die Philosophie, können sie nicht seyn, so lange ein
Gericht nicht aus solchen Richtern bestehen darf (nach Recht
und Billigkeit), die zugleich Ankläger sind, ja seyn müssen.

Diese Mißstände werden noch vergrößert, wenn man in
Betracht zieht, daß die Männer, die hier ihr Gutachten abge=
ben und das Urtheil fällen, nicht im Stande sind, die Werke,
über welche sie urtheilen, insbesondere die deutschen, in der Ori=
ginalsprache selbst zu lesen, sondern darauf sich beschränkt sehen,
dieselben erst durch eine Uebersetzung kennen zu lernen. Des
Autors Schicksal (insbesondere des deutschen, weil seine Sprache
in diesen Kreisen am wenigsten gekannt ist)[1], ist also in die
Hand des Uebersetzers gelegt, hängt von dessen Ansicht, Auf=
fassung, Verständniß oder Mißverständniß ab. Diesem also,
dem Unbekannten, dessen Bildung und Einsicht entscheidend ist,
wird der Autor preisgegeben, und muß erwarten, ob das Re=

---

[1] In ungefähr 8 Jahrgängen der Civilta cattolica findet sich meines Wis=
sens nur ein einziges deutsches Citat und zwar nur der Titel des Wer=
kes von dem Jesuiten Kleutgen: „Die Theologie der Vorzeit", während
französische, spanische ꝛc. Citate in bedeutender Anzahl vorkommen. Und
dennoch will die Civilta gerade auch die deutsche Wissenschaft vernichten,
und den Italienern den Primat insbesondere in der Philosophie erringen,
um die „orthodoxe Philosophie" wieder herzustellen!

sultat seiner Anstrengungen anerkannt oder aus der Kirche verpönt und mit Androhung schwerster Strafe zu lesen verboten
wird!

Dazu kommt noch, daß der Autor selber gewöhnlich nicht die
geringste Kunde von der geschehenen geheimen Anklage und von
dem ganzen Proceß, der seinem Werke gemacht wird, erhält; also
über Sinn und Absicht seines Werkes sich nicht erklären, dunkle
Stellen nicht authentisch interpretiren, gegen falsche Auffassung
und Uebersetzung sich nicht verwahren kann; demnach über sein
Werk und seine Gesinnung Anklage und Gericht stattfindet, ohne
Verhör und Vertheidigung. Kunde von Allem erhält er daher gewöhnlich nur erst mit seiner Verurtheilung. Und auch da wird ihm
wohl Unterwerfung unter das Verdammungsurtheil angesonnen,
keineswegs aber ihm ein Grund angegeben, warum sein Werk
als unkirchlich verurtheilt und den Gläubigen zu lesen verboten
wird [1]). Unterwerfung und damit Widerruf also soll stattfinden, ohne daß irgend zu erfahren wäre, was zu verbessern,
was zu widerrufen sey; so daß der Act einzig nur ein blinder
Act des Gehorsams, der Unterwerfung seyn kann. Es mag blinder Gehorsam manchmal eine Tugend seyn, aber hier ist er nicht
am Orte und ist er nicht zu rechtfertigen. Es gibt Verhältnisse, in
denen er entwürdigend für die Person und schädlich für die

---

[1]) Die Constitutio Benedict. XIV. §. 9 gebietet allerdings anders, wird
aber in neuerer Zeit nicht mehr beobachtet. Es soll nämlich der dam-
natio die Formel „donec corrigatur“ beigefügt, und es sollen demgemäß
dem Autor die Gründe der Verurtheilung angegeben werden, damit er im
Stande sey, sein Werk zu verbessern und es vor Verbot und Vernichtung
zu bewahren. Ferner §. 10 verordnet, daß der Autor, wenn er ein Katholik von Ruf und Verdienst ist, gehört werde, damit er sich selbst vertheidigen oder vertheidigen lassen kann. Auch dieß wird nicht mehr beachtet. Freilich ist da der Ausweg offen, den Autor nicht für von Ruf und
Verdienst zu halten — vielleicht eben deßhalb schon, weil er dieß Buch
geschrieben!

Sache ist. Dieß ist hier der Fall. Der wissenschaftliche Forscher hat seinem Berufe und seiner Stellung nach ein Recht
darauf, daß ihm die Gründe angegeben werden, um derentwillen das Werk seiner Anstrengung und ernsten Berufserfül-
lung verurtheilt ward, und in der öffentlichen Meinung vernichtet werden soll. Dem Verbrecher werden doch die Gründe
genannt, die seine Verurtheilung bedingen und wird ihm zudem Gelegenheit zur Vertheidigung gegeben, insofern seine Persönlichkeit zur Strafe gezogen wird! Sollte dem christlichen
Schriftsteller nicht gleiche Begünstigung gebühren, wenn man
doch schließlich seine persönliche Betheiligung verlangt durch persönliche Unterwerfung unter das Verdammungsurtheil, das über
sein Werk ergangen? Die Kirche selber verliert an Ehre und
Ansehen vor den Menschen, wenn ein so wenig schonendes, ein
so gänzlich demüthigendes, die Persönlichkeit der Schriftsteller
mißachtendes Verfahren eingeführt wird; denn es kann nur
Mißachtung und Verdächtigung der Kirche selbst von Seite
ihrer Feinde die Folge seyn. Und die Würde und Ehre der
Kirche vertheidigt der, welcher solch' einen Mißstand rügt und
auf Abhülfe bringt, der ein Verfahren in dieser Sache fordert,
das der Würde der Kirche und ihrer Schriftsteller angemessen
ist, und nicht beide zugleich der Mißachtung und Verhöhnung
feindlich Gesinnter preisgibt. Die Forderung in dieser Beziehung ist um so gerechtfertigter, da die gegebenen Vorschriften
des fraglichen Institutes ohnehin in aller Weise auf Schonung
der Schriftsteller bringen, und also nur die schützenden Gesetze
befolgt werden dürfen um die Mißstände zu beseitigen [1]). Wenn

---

[1]) In der Constit. Bened. XIV. §. 15 (I.) und §. 19 (V.) ist Milde und
Schonung den katholischen Autoren gegenüber, die sonst unbescholten sind,
ausdrücklich empfohlen.

oberste Behörden die Gesetze, welche Untergeordnete schützen,
nicht beachten, wie soll bei solchem Beispiel es Wunder nehmen, wenn schließlich auch Untergeordnete die Gesetze, welche
die Obrigkeit und die Ordnung schützen, nicht mehr achten und
befolgen? Und ist unsere Zeit wohl darnach angethan, daß
es rathsam erscheint, dem Schriftsteller die demüthigende Anerkennung des gefällten Urtheils ungesetzlicher und unnöthiger
Weise zu erschweren durch ein Verfahren, das ihn der Mißachtung und dem Hohne der Gegner preißzugeben geeignet ist?

Es ist uns nicht unbekannt, wodurch man sich gegen alle
Klagen und Beschwerden über Mißstände und Rechtlosigkeit in
dieser Beziehung zu schützen, und sie als ungeeignet, unbefugt
und unkirchlich zu bezeichnen pflegt, wenn sie auch der Natur
der Sache und selbst dem positiven Gesetze nach sich noch so
berechtigt und nothwendig erweisen. Das Verfahren und die
Verurtheilung der wissenschaftlichen Werke und ihrer Autoren
in der jetzt üblichen Weise geschieht im Namen des Oberhauptes der Kirche, des Papstes selbst, und — der Gedanke scheint
zu Grunde zu liegen — da gibt es keine Berufung auf Recht
und Würde der Wissenschaft und ebenso wenig auf die Natur
der Sache und die positiven Gesetze, denn des Papstes Auctorität ist unbedingt und unbeschränkt, und es kommt ihm gegenüber Niemanden zu, sein Verfahren ungeeignet, unbillig, un-
gesetzlich zu finden! — Wir wissen wohl, daß man die Auctorität des kirchlichen Oberhauptes in neueren Zeiten bis in's
Außerordentlichste gesteigert, die kirchliche Macht und Ordnung
auf's Aeußerste in ihr centralisirt hat, so daß immer mehr unbedingte Unfehlbarkeit derselben angenommen ward, oder wenigstens von Seite der Theologen kaum mehr gewagt wird, sie in
Abrede zu stellen. Wir haben es hier mit der kirchlichen Lehr-
Auctorität nicht zu thun, bemerken aber im Vorbeigehen in Be-

treff dieser Infallibilität, daß sie nicht im mindesten bewiesen ist durch Gründe oder Thatsachen, auch von keinem allgemeinen Concil jemals angenommen, ja von den Päpsten selbst niemals eigentlich — wenigstens nicht theoretisch — in Anspruch genommen wurde; und wäre dieß auch der Fall, so wäre wieder auch damit nichts bewiesen, denn ein solcher Lehrsatz von der Infallibilität des Papstes, von ihm selbst verkündet, könnte ja nur als infallibel gelten, wenn schon zuvor demselben Infallibilität zuerkannt wäre; denn sich selber durch Erklärung infallibel schaffen könnte er nur, wenn er infallibel wäre [1]). Indeß abgesehen davon, da wir es hiemit gar nicht zu thun haben — ein päpstliches (eigentlich freilich kirchliches) Institut oder Behörde, oder Büreau, wird wohl doch kaum über alle Verantwortlichkeit und Gesetze erhaben seyn, obwohl es seine Thätigkeit im Namen des Papstes übt; denn es ist nicht die Kirche, die als göttlich geltende Institution, sondern nur ein Mittel, ein Instrument für zeitweilige Erreichung bestimmter Zwecke; und als solches ist es nicht unfehlbar, nicht über Mißbräuche erhaben, und steht nicht über den Gesetzen [2]). Hat man doch in frü-

---

[1]) Die Sache hätte auch noch in sofern ihre Schwierigkeit, als bei persönlicher Infallibilität des Papstes nicht blos unmittelbare göttliche Erleuchtung und Bestimmung des Erkenntnißvermögens und der Einsicht nothwendig wäre, sondern auch eine — wenigstens momentane — Bindung des moralischen Vermögens, des freien Willens mit seiner vorherrschenden Richtung und Neigung, damit sie nicht irgend bestimmend oder mißbräuchlich sich dabei geltend machen könnten. So daß das wahrhaft menschliche Moment hiebei aufgehoben wäre. Bei einem allgemeinen Concil aber brauchte dieß nicht der Fall zu seyn, da es hier nicht vom Einzelnen und dessen Willensbestimmungen abhängt, wie entschieden wird; wie auch die Weltgeschichte trotz persönlicher Freiheit ihrem Ziele zugeführt wird.

[2]) Auch im Correspondant (Nouv. Ser. T. XIV. 25. Juillet 1860 p. 476) wird behauptet bei Besprechung der Verurtheilung Galiläi's: „... was vor Allem wichtig ist, das hl. Officium, das ihn verurtheilt hat, ist nur ein Tribunal, das zwar große und legitime Auctorität genießt, das aber nicht die Kirche selbst ist und demnach auch keinen Anspruch auf Unfehlbarkeit machen kann."

heren Jahrhunderten, als das Papstthum noch fast auf dem
Höhepunkt der Macht stund, unbefangen von der Nothwendigkeit einer Reform der Kirche an Haupt und Gliedern gespro=
chen! Wir stellen keine so große Forderung, wollen überhaupt
nicht in Bezug auf religiöse Dinge und Glaubenssachen hier
das Wort führen, sondern nur im Interesse der Wissenschaft
reden, und nur den Anspruch erheben, daß die Bedingungen
erfüllt werden, von denen nicht blos die Würde und Achtung
derselben, sondern selbst ihre Existenz abhängig ist. In dieser
Beziehung aber ist eine Reform in dem Verfahren des genann=
ten Institutes dringendstes Bedürfniß sowohl überhaupt, als
insbesondere dem katholischen Deutschland gegenüber. Der Wis=
senschaft ist ihr Maaß der Freiheit einzuräumen, ohne das sie
nicht entstehen und wirken kann, nicht wirken kann weder in
ihrem eigenen Interesse noch im Dienste der Kirche. Gebe man
doch die Meinung auf, die Burg der Kirche werde von der
Wissenschaft dann am besten vertheidigt, wenn jeder einzelne
Forscher an seinem Posten angekettet und gefesselt ist, damit er
ihn nicht verlassen kann! Dieß kommt ja schließlich nur dem
Feinde zu Gute, der die Unbeholfenen, an freier Bewegung
Gehemmten und mit alten Waffen nach alter Tactik Kämpfen=
den mit Leichtigkeit überwindet!

Daß insbesondere in Deutschland der Wissenschaft ihr
Recht gewahrt werden muß, geht aus dem schon früher Be=
merkten hervor. Ohne dieß Recht, ohne die Freiheit, wird es
nie gelingen, in Deutschland eine Literatur zu schaffen, die zu=
gleich national und zugleich katholisch ist, und die Katholiken
Deutschlands werden stets in dieser Beziehung so gut wie gar
nicht existiren. Zwar wurden in der ersten Hälfte dieses Jahr=
hunderts Anfänge zu wissenschaftlichem Aufschwung und zu ei=
ner katholischen Nationalliteratur gemacht. Allein besonders in

dem letzten Decennium hat sich das scholastische, romanisirende, dem Deutschen feindselige Element immer mehr zur Geltung gebracht und droht nach und nach alleinherrschend zu werden den nationalen Bestrebungen in der Wissenschaft gegenüber, während andererseits die protestantische Literatur und Wissenschaft ihre errungene Herrschaft behauptet, und theils durch völlige Nichtachtung, theils durch ausdrückliche Befeindung die katholischen Bestrebungen nicht zur Geltung kommen läßt. In dieser Beziehung harmoniren die welsche Richtung in der Wissenschaft und die protestantische und freisinnige ganz wohl; in beider Interessen liegt es, eine katholische nationale Wissenschaft, insbesondere in der Philosophie nicht aufkommen zu lassen, — während freilich die Einen im Interesse des Katholicismus, die Andern im Interesse der Nationalität, ihr Gedeihen fördern sollten. Wir sehen von der (allerdings nicht ausnahmslosen) Feindseligkeit der nichtkatholischen Wissenschaft hier ab; sie ist begreiflich, ist verzeihlicher und gegenwärtig gewiß auch weniger gefährlich, als die andern, und würde sich, wenn uns nur sonst die Möglichkeit wissenschaftlichen Strebens gewährt wird, — gerade durch die Freiheit, die Selbstständigkeit der Forschung überwinden lassen. Um so verhängnißvoller und schädlicher aber sind die Bestrebungen der romanisirten, scholastischen Richtung; denn sie kämpfen nicht mit wissenschaftlichen Mitteln (diese wollten wir uns gerne gefallen lassen), sondern mit den Mitteln kirchlicher Verdächtigung und Denunciation; und indem sie sich für die allein ächt kirchliche Richtung ausgeben und über einflußreiche Connexionen verfügen, gelingt es ihnen nur zu oft, das erwähnte Institut kirchlicher Censur für ihre Zwecke auszubeuten. Und mit allem Eifer drängen sich die Anhänger dieser Richtung hinzu, die Henker jener wissenschaftlichen Bestrebungen der Katholiken Deutschlands zu werden, die dem deutschem Geiste und Bedürfnisse Rechnung tragen. Alle Werke dieser Art suchen sie daher zu verpönen, zu unterbrücken; dafür werden die Scholastiker, insbesondere Thomas von Aquin [1]) der deutschen Jugend aufgedrungen und werden Uebersetzungen wälscher Werke in Unzahl in Deutschland verbreitet und gepriesen. Dabei strebt man einem Phantom von Einheit in der Wissenschaft, in der Philosophie nach, die man erzielt zu haben meint, wenn Thomas von Aquin nicht blos mit seiner Theologie, sondern auch mit seiner Philosophie einzig zur Geltung käme. Allein statt der vermeintlichen Einheit und Uebereinstimmung sehen wir unter den Anhängern der thomistischen Scholastik selbst allenthalben Disharmonie und Streit seit Jahren, sowohl in Italien als auch in neuester Zeit in Deutschland, so daß Einer dem Andern Mißverständniß oder Unkenntniß des Thomas zum Vorwurf macht [2]). Statt Uebereinstimmung zu wirken, wird dieser vielmehr Veranlassung und Gegenstand des Streites und der Spaltung, wie die Bibel für die Protestanten, statt wirklicher Vereinigungspunkt zu seyn, vielmehr Veranlassung zu Zwiespalt und Streit geworden ist. Wo aber ein solcher Zustand eintritt, da hört das wissenschaftliche Streben

---

[1]) Man kann von den modernen Scholastikern öfters die Andeutung oder geradezu Behauptung vernehmen, daß jede Abweichung von Thomas schon die Gefahr des Irrthums, wo nicht den Irrthum selbst mit sich führe. Die mehrerwähnte Constit. Bened. XIV. §. 24 gestattet ausdrücklich Abweichung von Thomas, führt also selbst in Versuchung und Gefahr! Nur im Leben und Eifer und in der Mitte der wissenschaftlichen Forschung und Disputation ist er als Muster aufgestellt.

[2]) Sind sie doch gerade über den entscheidenden Fundamentalpunkt in der Philosophie, über das Wesen des intellectus überhaupt und nach der Lehre des Thomas von Aquin insbesondere, nichts weniger als einig, sowohl in Italien als in Frankreich und Deutschland, und wirft gerade in dieser Beziehung häufig Einer dem Andern Unkenntniß und Mißverständniß vor! Während doch hievon die ganze Stellung und Bedeutung der Philosophie abhängig ist!

auf die Wahrheit selbst zum Ziele zu haben, nnd wird zum blo=
ßen Erklären des Schulbuchstabens, zu unfruchtbarem Gezänk
und Commentationswesen. Das ist kein Zustand, der irgend
lockend für den wahrhaft wissenschaftlich Forschenden seyn kann,
oder der irgend eine Förderung für die Sache des Christen=
thums nnd der Kirche bringen könnte! Es ist dieß Alles schon
da gewesen, und zwar gerade damals, als über dem unfrucht=
baren Gezänk und Commentiren der Theologen die wahre Wis=
senschaft versäumt wurde, aller Einfluß auf das Zeitbewußtseyn
verloren ging und man den destructiven Bestrebungen der dem
Christenthum feindlichen Schriftsteller gegenüber machtlos war
und unterlag. Dennoch soll jetzt dieser Zustand wieder herbei=
geführt werden, dennoch erwartet man wieder alles Heil von
ihm und verdächtigt und verfolgt mit Ingrimm alle die, welche
lieber den Fortschritten und Zeitverhältnissen, Stimmungen und
Bedürfnissen Rechnung tragend, auch in Philosophie und Theo=
logie einen Fortschritt wollen; die nicht bloße Rückkehr zum
Alten, sondern eine Reugestaltung der Wissenschaft, allerdings
mit Berücksichtigung und Benützung des schon Gewonnenen,
anstreben. — Den protestantischen und überhaupt allen Schrift=
stellern, die Gegner der katholischen Kirche sind, kann dieß nur
erwünscht seyn, namentlich in Deutschland; denn dadurch er=
halten sie stets neue, willkommene Bestätigung der so weit ver=
breiteten und oft wiederholten Ansicht, daß Katholicismus und
Wissenschaft, insbesondere Philosophie unvereinbar seyen, und
jedenfalls ein Fortschritt durchaus als unzuläßig erscheinen
müsse; und daß demnach der Katholik entweder seiner Kirche
oder der Wissenschaft zu entsagen habe, wenn er nicht unehr=
lich seyn wolle [1]). In der That finden auch diese scholasti=

---

[1]) Leipz. Literar. Centralblatt von Zarncke, 1859 Nro. 2 wird am Schlusse
der Anzeige meines Werkes „Einleitung in die Philosophie rc." gesagt:

schen Bestrebungen zwar im Allgemeinen, wie sich denken läßt, Verachtung und Verhöhnung, doch aber auch wiederum den wissenschaftlichen, liberaleren Bestrebungen neuerer katholischer Schriftsteller gegenüber Anerkennung und Bevorzugung als ehrlich und ächt katholische, da es auf dem Standpunkt des Katholizismus gar nicht anders seyn könne und dürfe, weil dieser nun einmal für die wahre Wissenschaft ein unmöglicher sey [1]).

Die Lage eines katholischen Schriftstellers, insbesondere eines Philosophen und Theologen, der es ernst nimmt mit seiner Wissenschaft, der wirklich etwas leisten, und nicht blos schon Vorhandenes wiederkäuen will, und welcher der Methode und Form nach den Forderungen und Bedürfnissen der Zeit und des sonstigen Zustandes der Wissenschaft und des allgemeinen Bewußtseyns Rechnung trägt — die Lage eines solchen katholischen Schriftstellers sage ich, ist in der That bedauernswerth. Von der Einen Seite hat er für seine Opfer und Anstrengungen nur Verdächtigung und Verfolgung zu gewärtigen, von Seite der romanisirten deutschen Scholastiker, die sich für ächt kirchlich ausgeben, während sie nur für alte Schulmeinungen leidenschaftlich streiten. Er wird ohne Gnade als Neuerer bezeichnet und behandelt, denuncirt und, will es nur gelingen, verurtheilt. Das Werk seiner Begeisterung und Anstrengung

---

„Bei manchen achtungswerthen Aeußerungen macht das Buch doch einen unerquicklichen Eindruck, da der Schein der freien Vernunftforschung zuletzt doch immer nur geschichtliche Ueberlieferung maskiren soll, und das Verhalten der alten Scholastik, die der Philosophie ein bis hierher und nicht weiter zurief, sie aber auf ihrem Gebiete frei und ungehindert gewähren ließ, jedenfalls offener und ehrlicher war."

[1]) Daher findet J. Kleutgen mit seiner „Theologie der Vorzeit" in Zarncke's Centralblatt die Anerkennung, daß er siegreich sey seinen Gegnern (Hirscher und Hermes) gegenüber, da diese mit ihren wissenschaftlichen Neuerungen „von der Kirchenlehre abweichen." Literar. Centralblatt 1853. Nro. 41.

wird als unkirchlich und unchristlich gebrandmarkt, bei Strafe
seinen Glaubensgenossen zu lesen verboten, als Gegenstand der
Vermeidung, des Abscheues hingestellt. Unterdessen aber erfahren
sehr häufig die Werke nicht-katholischer Autoren viel mildere
Behandlung; während jene um irgend einer Abweichung von
üblicher Schulmeinung willen Verurtheilung trifft, werden diese,
wenn sie nur halbwegs sich hie und da anerkennend über katholische Lehren und Einrichtungen äußern, rühmlich genannt,
werden empfohlen und finden Verbreitung. Denn nach den Bet-
telbrocken solcher Anerkennung verlangt man, während die Leistungen der eignen Söhne der Kirche um kleiner, unbedeutender
Abweichungen willen weggeworfen werden; um Abweichungen
willen, die oft mit den Dogmen gar nichts zu thun haben, sondern nur Schulansichten und vermeintlichen Consequenzen aus
Dogmen widersprechen, oder hinwiederum in ihren Consequenzen mit den Dogmen in Widerspruch kommen sollen.
Daher geschieht es gar nicht selten, daß Werke von protestantischen Autoren, obwohl sie principiell gegen den Katholicismus
sind, um ihrer sonstigen Vortrefflichkeit und einzelner anerken-
nender Bemerkungen willen, allenthalben unter Katholiken verbreitet und unbedenklich gelesen werden, während die principiell
katholischen Bücher katholischer Autoren um Kleinigkeiten willen,
mögen sie sonst noch so trefflich seyn, als verbotene verpönt
und verabscheut werden. Während doch, sollte man meinen, es
im Interesse der katholischen Kirche selbst liege und vom katholischen Volke erwartet werden könne, daß, wo es sich nicht um
wesentliche Dinge handelt, man die aufstrebenden Talente er-
muntere oder wenigstens schone und ihnen die Möglichkeit voll-
ständiger Kraftentfaltung gewähre. Allein da läßt man gegenwärtig weder das „in dubiis libertas‟, noch das „in omnibus
caritas‟ gelten!

Zu diesen widrigen Verhältnissen für den katholischen Schriftsteller in Teutschland kommt noch, daß man zu seinen Leistungen, seyen sie auch noch so ernst, redlich und wissenschaftlich, kein Vertrauen hat insbesondere von Seite der Nichtkatholiken, und darum auch keine rechte Achtung dafür. Vielmehr kommt man, wenigstens im Gebiete der Philosophie und Theologie, allenthalben denselben mit dem Mißtrauen entgegen, daß die Resultate nicht wissenschaftlich erzielt, sondern nur auf Befehl und aus Gehorsam gegen die Auctorität angenommen seyen, da doch nur das behauptet, als Resultat gewonnen werden dürfe, was befohlen wird. Und in der That, im Hinblick auf das oben erwähnte und erörterte Verfahren der Congregatio Indicis darf es nicht sehr Wunder nehmen, wenn unsere Gegner bitter höhnend uns bemerken, katholische Gelehrte hätten da nur die Rolle stummer Hunde zu spielen, und wären nur gut zu willenlosen Werkzeugen der Träger der Auctorität! Daher ist es auch begreiflich, wenn sie auch mit den besten Leistungen nichts zu wirken vermögen, da sie kein Ansehen genießen, und das Mißtrauen keine oder selten eine gerechte Würdigung stattfinden läßt; wodurch sie dann auch wiederum unfähig werden oder außer Stande sind, der Kirche selbst Dienste zu leisten, Vorurtheile gegen sie zu beseitigen und Anerkennung für dieselbe zu erringen. Beschränkung und Mißachtung der Wissenschaft rächt sich so schon hiedurch an der Auctorität selbst.

Noch weit nachtheiliger aber für die Kirche selbst wird die Beschränkung der Freiheit der Wissenschaft, der Mangel an bestimmten gesetzlichen Schutz ihrer Träger und die geringschätzige Behandlung derselben durch das mehrerwähnte Institut, und andrerseits das Mißtrauen und die Geringschätzung derselben von Seite der Nichtkatholiken dadurch, daß in Folge davon eine allgemeine Muthlosigkeit entsteht und Abneigung gerade der besseren Talente sich diesen Studien zu widmen. In der That, welche Aufmunterung kann es seyn, wenn strebende Jünglinge sehen, welche Behandlung, welches Loos den ernsten Bestrebungen und Wirken ihrer Lehrer oder ihnen bekannter Schriftsteller widerfährt? Und wie sollten sie nicht zeitig genug daran denken, ihre Kraft und Anstrengung lieber einem Forschungsgebiete zuzuwenden, in dem ihrem Bemühen Anerkennung, oder wo diese nicht, wenigstens keine Verdächtigung und Verunglimpfung zu Theil wird, statt daß sie, im Gebiete der höheren Wahrheiten forschend, gewärtigen müssen, das, was sie mit Opfern und Anstrengung, mit Liebe und Begeisterung geschaffen haben, verdächtigt und denuncirt, verurtheilt und aus der Kirche unter Androhung von Strafen verbannt zu sehen? Und dieß Alles ohne daß sie irgend in gesetzlicher Form darüber zur Frage gestellt oder gehört werden, ohne daß sie Gelegenheit oder Recht zur Erklärung oder Vertheidigung dem Gerichte gegenüber haben! Ja ohne daß sie auch nur jemals erfahren, warum das Werk ihrer redlichen Mühe und ihres begeisterten Strebens mit diesem Schicksal heimgesucht wird, einem Schicksal, das dasselbe dem Abscheu der Glaubensgenossen preisgeben soll! Es läßt sich auch kaum verkennen, daß in neueren Zeiten die besseren Talente, die strebsamen Geister (besondere Verhältnisse ausgenommen), nicht mehr den idealen Wissenschaften, den theologischen und philosophischen Studien sich zuwenden, sondern lieber den weltlichen und realistischen, die mehr den ungeschmälerten Gebrauch ihrer Kraft gewähren und vor demüthigender Maßreglung gesichert sind. Von welch' großem nachhaltigen Schaden dieß nicht bloß für die idealen Wissenschaften, sondern auch für Religion und Kirche ist, kann leicht eingesehen werden.

Damit in Zusammenhang aber steht noch ein anderer Uebel-

ſtand. Die Beſtrebungen der katholiſchen Philoſophen und Theo=
logen werden nicht blos von den Nicht=Katholiken mit Miß=
trauen, ja oft mit Geringſchätzung betrachtet und ignorirt, ſie
finden auch bei den eignen gebildeten Glaubensgenoſſen nur
geringe Theilnahme — eine weit geringere in der Regel als
die philoſophiſchen und theologiſchen Werke der Proteſtanten —
ebenſo wie dieſe auch im Ausland (ſelbſt in Italien) faſt ein=
zig nur Beachtung finden[1]). Begreiflicher Weiſe nämlich haben
die Werke ſolcher Forſcher, denen Freiheit verſagt iſt, und über
welchen beſtändig das Schwert geheimer Denunciation und
Verurtheilung ſchwebt, auch bei den eignen Glaubensgenoſſen
wenig Credit; man erwartet keine unbefangene, zuverläſſige For=
ſchung und nichts Hervorragendes oder Neues von ihnen, weil
ſie ſolches nicht bringen dürfen, wenn ſie nicht als Neuerer
und unkirchliche Reformer verſchrieen werden wollen. Sie er=
regen darum von Vorne herein kein Intereſſe, keine Theilnahme,
und ſind wiederum im Nachtheil gegenüber den proteſtantiſchen
Forſchern, von denen man Neues ſogleich erwartet, und die,
wenn ihnen originelle und energiſche Geiſtes=Kraft gegeben iſt,
dieſelbe frei gebrauchen und dadurch die Aufmerkſamkeit und das
Vertrauen an ſich reißen, ſelbſt wenn ſie ſich in mehr kühnen
und auffallenden, als wahren und wahrhaft wiſſenſchaftlichen
Auslaſſungen ergehen. Auf dieſe Weiſe wird von katholiſcher
Seite ſelber das Möglichſte gethan, um das Uebergewicht, ja
die unbedingte Herrſchaft der proteſtantiſchen Wiſſenſchaft und
Literatur zu erhalten und zu fördern! Daraus dürfte auch die
auffallende Erſcheinung hauptſächlich zu erklären ſeyn, daß in

---

[1]) Die beliebte Maxime: philosophiam esse theologiae ancillam, die jetzt,
wie ſie ſagen, zum „Eckſtein“ der Philoſophie werden muß, wird in Deutſch=
land ſicher keine andere Folge haben, als daß man die Philoſophie der
Katholiken in der That nur als ancilla betrachtet und mißachtet.

Deutschland katholische Zeitschriften für Wissenschaft, insbesondere für Philosophie und Theologie, obwohl die Zahl der Katholiken jener der Protestanten doch gleichkommt, dennoch nicht gedeihen, keine Theilnahme finden, nicht bestehen können, so daß auf je Eine katholische Zeitschrift wohl je ein Duzend protestantischer kommen [1]). Und auch die sehr geringe Zahl der bestehenden findet dem Vernehmen nach allenthalben nur geringe Theilnahme. Man hat, scheint es, zu denselben kein Vertrauen, man erwartet nichts von ihnen, weil man annimmt, sie dürften nur Commandirtes bringen, — oder man ist der Ansicht geworden, auch der gebildete Katholik handle am besten, wenn er dem Denken und Nachforschen über die höheren Wahrheiten aus dem Wege geht, da er doch zu nichts Weiterem komme und kommen dürfe, als er schon besitze. Man scheint der Meinung zu huldigen, daß man sich dabei nur unnöthiger Weise Anstrengung verursache oder den Frieden seiner Seele stören würde, oder auch durch Aeußerung ungewohnter Ansichten sich in Verdacht und Schaden bringen, und Beaufsichtigung und Zurücksetzung gewärtigen müßte. Diese Theilnahmlosigkeit der Gebildeten wird nicht beseitigt, vielmehr noch befestigt und vergrößert durch die um sich greifende moderne scholastische Richtung. Denn sie entfremdet diese Wissenschaft noch mehr dem Leben durch eine der deutschen Art und der neueren Bildung unangemessene, ungenießbare, abstoßende Behandlungsweise der höheren Lebensfragen. Eine Behandlungsweise, welche dem Gebildeten noch mehr als es schon geschieht, die Beschäftigung

---

[1]) Außer der Tübinger „theologischen Quartalschrift" existirt gegenwärtig in Deutschland keine eigentlich wissenschaftliche Zeitschrift mehr, außer dem „Katholiken" dem romanisch-scholastischen Organ, das übrigens auf Fragen, die für die deutsche Wissenschaft von entscheidender Wichtigkeit sind, in streng wissenschaftlichen Untersuchungen bisher wenig eingeht.

mit solchen Wahrheiten und Wissenschaften als Zunft- und Standessache betrachten läßt, die nur allenfalls den Clerus als Stand angehen, für die übrigen Menschen aber kein Interesse bieten. Die Folge ist, daß, wie es thatsächlich geschieht, auch die Gebildeten nach der Zeit ihres Schulunterrichtes, ihre gesammte Weltanschauung und Lebensgrundsätze hauptsächlich aus der belletristischen Literatur schöpfen und sich mit oberflächlichen, vagen Ansichten begnügen, welche schließlich das geistige Leben des Volkes verflachen und verkümmern lassen. Die modernen Scholastiker aber halten Luftgefechte und kommen mit ihren Bestrebungen an das Zeitbewußtseyn kaum hinan, vermögen nichts diesem gegenüber. Was sie einzig vermögen ist dieß, daß sie die wahrhaft wissenschaftlich strebenden Glaubensgenossen verdächtigen und hemmen, ihren wissenschaftlichen Credit zu Gunsten der Gegner des Christenthums selbst untergraben, ihnen das Leben verbittern, und wie bisher so auch fernerhin möglichst verhindern, daß auch die Millionen Katholiken in Deutschland eine angemessene nationale Literatur erhalten und in der Wissenschaft der Völker nicht mehr so gut wie nichts gelten. Und das vermögen sie weiter zu bewerkstelligen, daß auch fernerhin wie bisher, und wie noch in diesem Augenblick gleich den Moden, theologische und philosophische Werke massenhaft vom Auslande in das katholische Deutschland importirt werden, so daß jetzt die Schwärmerei einem Franzosen, dann einem Spanier, dann einem Italiener, dann wieder einem Franzosen gilt, wie wir dieß in neuester Zeit erleben [1]).

---

1) Zur Erlahmung des wissenschaftlichen Eifers und Strebens des katholischen Klerus insbesondere muß nothwendig schon der Hauptgrundsatz der modernen Scholastiker führen, daß die Theologie und Philosophie wesentlich schon vollendet sey durch die Leistungen der Kirchenväter und Scholastiker und insbesondere des Thomas von Aquin, so daß man nur zu diesem zurückzukehren brauche und sich vor Neuem in der Wissenschaft zu

Wir wissen wohl, daß die Wahrheit und deren Erfor=
schung Allgemeingut der Menschheit sey, daß es in dieser Be=
ziehung keinen Unterschied der Zeiten und Nationalitäten geben
könne, daß die Wahrheit nicht national ist und nicht verschie=
den nach den verschiedenen Völkern, und daß insofern in der Re=
ligion und Wissenschaft Einheit und Uebereinstimmung möglich
und nothwendig sey. Wissen auch, daß der alte heidnische
schroffe Gegensatz der Nationen und deren Abgeschloßenheit von
einander, die durch die Bildung und insbesondere durch die
christliche Religion überwunden wurden, keineswegs wünschens=
werth und wieder zur Geltung zu bringen sey. Dennoch aber
ist auch das nationale Moment, wie in der Sitte und äußern
Religionsübung, so auch in der allgemeinen Bildung und Wis=
senschaft nicht ohne Bedeutung und Berechtigung. Wie der
einzelne Mensch ein Recht hat, seine eigenthümliche Individua=
lität und Begabung bis zu einem gewissen Grade zu behaup=
ten und zur Geltung zu bringen, und nur wahrhaft Tüchtiges
leisten kann, wenn ihm dieß gestattet ist, so hat auch jede Na=
tionalität, wie ihre eigenthümliche Art und Begabung, so auch,
wie mir scheint, dieser gemäß eine eigenthümliche Aufgabe in
der Geschichte, die sie nur erfüllen kann durch Gebrauch der
eigenthümlichen Kräfte in der eigenen nationalen Weise. Wir
finden auch, daß keine der großen Nationen Europa's auf ihre
nationale Eigenthümlichkeit im Gebiete der Kunst, Wissenschaft
und Literatur verzichtet, sondern jede dieselbe zur Geltung
bringt, die Italiener ebenso wie die Franzosen, Spanier u. s. w.

---

hüten habe. Es ist da kein Wunder, wenn die katholischen Theologen
denken: Nun denn, ist die Arbeit schon gethan, so ist jetzt Feiertag
und Ruhe, wozu noch geistige Anstrengung! Denn ist die Möglichkeit
und das Recht zu neuer Erkenntniß versagt, woher soll die für das wis=
senschaftliche Streben nothwendige Begeisterung und Ausdauer oder auch
nur Anregung kommen?

Warum sollten nun gerade die Deutschen, oder vielmehr gerade die Katholiken Deutschlands auf ihre nationale Eigenthümlichkeit in der Form und Behandlungsweise der Kunst, Wissenschaft und Literatur verzichten, sich der romanischen und der großentheils mit dieser identisch gewordenen scholastischen Weise fügen? Und warum sollen die Versuche, nach nationaler Eigenthümlichkeit in der Philosophie und Theologie zu verfahren, seyen sie auch nicht immer ganz gelungen, sogleich dem Gerichte und der Verurtheilung durch ausschließlich und einseitig romanisch-scholastisch Gebildete unterliegen [1])?

In manchen Wissenschaften zwar, insbesondere in den eracten, kann sich nationale Eigenthümlichkeit wenig zur Geltung bringen; wenn aber in irgend einem Zweige des Wissens dieß möglich und thatsächlich ist, so in der Philosophie. Das deutsche Volk gilt auch bei andern Völkern dafür, daß es, wie besondere Neigung, so auch besondere Begabung und Beruf habe, die idealen Interessen der Menschheit wissenschaftlich zu vertreten und zu fördern, also philosophisch zu streben und zu wirken. Und wenn auch von Fremden und von Deutschen selbst diese Aufgabe und Neigung Gegenstand des Spottes ist, da darüber das äußere thatkräftige Eingreifen in die Geschichte vernachläßigt werde, so ist dennoch diese Aufgabe, recht verfolgt

---

[1]) Freilich müssen wir uns, wenn wir hier auf deutsche Natur und Art, auf deutschen Geist uns berufen, darauf gefaßt machen, von Hrn. Prof. Clemens Tadel oder Verhöhnung über unsere Deutschthümelei zu erfahren, wie das schon Hrn. Prof. Kuhn von derselben Seite widerfuhr (Clemens: „Die Wahrheit 2c." S. 60). Wir erfahren das leider in neuerer Zeit gar oft, daß die guten Deutschen für fremdes Recht, Freiheit und nationale Eigenthümlichkeit schwärmen und wirken, Recht und Eigenthümlichkeit der eigenen Nationalität aber jeder Anmaßung leichthin preisgeben. Uebrigens sollte, scheint mir, der Constitutio Benedict. XIV. §. 17 (III.) gemäß, auch auf nationale Eigenthümlichkeit bei der Prüfung der Werke Rücksicht genommen werden.

und gelöst, so unwichtig und unbedeutend nicht, sondern welt-histprisch wichtig und einflußreich. Ja gelingt es dem deutschen Volke durch Erfüllung dieser Aufgabe als Kopf und Herz der Menschheit zu wirken, es wird sich einigermassen darüber trö-sten können, wenn andere Völker als Hand und Fuß derselben zeitweise eine lärmendere und mehr beachtete Rolle in der Ge-schichte spielen.

Die deutsche Art aber zu philosophiren, die höchsten Prob-leme in Betreff der idealen Wahrheit zu untersuchen und zu lösen, ist sehr bestimmt unterschieden von der romanischen, und schon die Sprache deutet diese Art an und damit den eigen-thümlichen Beruf der deutschen Philosophie. Die Sprache deutet dieß an, z. B. in den eigenthümlichen Wörtern „Ge-müth" und „Vernunft", in welchen die Eigenthümlichkeit deut-schen Geistes und das Besondere der Behandlungsweise der idealen Wahrheiten sehr bestimmt kund gegeben ist. Es ist dem Deutschen (im Allgemeinen) Bedürfniß, die idealen Wahr-heiten, auch wenn sie historisch gegeben und im historischen Glauben angeeignet sind, in die Innerlichkeit und Tiefe der Seele aufzunehmen und daraus hervor, wie aus der eigenen, subjectiven Natur, bestimmend auf Leben und Wissen wirken zu lassen; es wird auch das objectiv Gegebene in das Gemüth aufgenommen, um da mit der subjectiven Wurzel wie in Eins zu verschmelzen und so wirksam zu werden. Die Unmittelbar-keit, Subjectivität und Selbstständigkeit des philosophischen Stre-bens, das daraus hervorwächst, finden in dieser Weise ihre Er-klärung, und ebenso das Bedürfniß und Streben nach dieser ihre Rechtfertigung. Dieselbe Eigenthümlichkeit und dasselbe Recht deutet das Wort „Vernunft" (im engern Sinne) an; wir ver-stehen darunter das Vermögen des Geistes, das Ideale und das Göttliche mit einer gewissen Unmittelbarkeit zu vernehmen, zu

schauen, wie mit einem inneren geistigen Sinne ¹). Das phi=
losophische Streben geht deshalb darauf aus, die Wahrheit aus
dieser Vernunftschauung mit einer gewissen Unmittelbarkeit zu
erkennen oder daraus zu construiren, wenn sie auch sonst aus
dem historischen Traditionsgute der Menschheit aufgenommen
wurde. Die Philosophie erhält daher auch in dieser Beziehung
wieder einen vorherrschend subjectiven Charakter, und eine vom
objectiven Glaubensinhalt unabhängige Stellung oder Selbst=
ständigkeit. Eine Subjectivität freilich, die, weil eine all=
gemeine und objective, factische Eigenthümlichkeit der Vernunft
sie begründet, selbst wiederum einen gewissen objectiven Cha=
rakter hat; in ähnlicher Weise wie ja auch die äußere Sinnes=
wahrnehmung zwar als Thätigkeit subjectiv ist, doch aber ob=
jective Bedeutung hat. Ich will damit nicht sagen, daß andere
Völker des Gemüthes und der Vernunft nicht theilhaftig seyen
oder beides nicht anwenden; die menschliche Natur ist wesentlich
gleich und bei allen Völkern mit denselben Kräften ausgestattet,
so daß bei romanischen Völkern allerdings in einzelnen Fällen
das was wir Gemüth und Vernunft nennen, sogar in hervor=
ragendem Maße sich finden und bethätigen kann; aber als all=
gemeine Disposition und Neigung findet sich diese Eigenthüm=
lichkeit mehr bei dem deutschen Volke und weist ihm seine Aufgabe
an, wie sich dieß auch in der Sprache schon kund gibt. Die
romanischen Völker nehmen lieber den historischen Inhalt im
Glauben auf, und ihn festhaltend, suchen sie auf dieser Grund=
lage (des historisch von Außen aufnehmenden Glaubens) durch
Verstandesoperation, durch begriffliche Fassung und Verbindung
in Urtheil und Schlußfolgerung sich das Aufgenommene in
seiner objectiven Beschaffenheit und Geltung deutlich zu machen.

---

¹) S. das Nähere über die Vernunft in meiner „Einleitung in die Phi=
losophie rc. S. 205 ff.

Es ist ihnen mehr um diese äußerliche Verstandesklarheit und
Deutung, als um innerliche Vermittlung und Anknüpfung an
das ureigene Wesen des Geistes selbst zu thun; daher auch das
Aufgenommene stets mehr ein Aeußerliches bleibt, — wenn auch
bestimmend für das Leben, — als daß es aus der Tiefe des
Geistes selbst wiederum in subjectiver Belebung reprobucirt
würde, worauf gerade das philosophische Streben des Deutschen hauptsächlich ausgeht. Das romanisch-scholastische Wort
intellectus und das deutsche Wort Vernunft bezeichnen diese
beiderseitigen Eigenthümlichkeiten. Der intellectus ist ein an
sich leeres Vermögen (eine tabula rasa), dem der Stoff durchaus von außen geboten werden muß, durch die Thätigkeit der
Sinne aus der Natur, und insbesondere durch das Gehör aus
dem traditionellen geistigen Besitze der Menschheit, (oder wohl
auch durch unmittelbare göttliche infusio); und das dieses Ma-
terial dann in Begriffen und Schlußfolgerungen verarbeitet.
Das Erkennen ist hier mehr nur ein Ordnen, Vereinfachen, in
Zusammenhangbringen durch den intellectus, der freilich in den
Begriffen das Wesen der Dinge erkennen soll, während er als
ratio in der Schlußfolgerung den Zusammenhang, das Verhältniß derselben zu bestimmen sucht[1]). Hiernach wäre aber
doch nur eine begriffliche Erkenntniß zu gewinnen durch den
intellectus, nicht eigentlich eine ideale; er übte nur die Functionen dessen, was wir Verstand nennen, 'als Fähigkeit Begriffe, Urtheile und Schlüsse zu bilden. Genau freilich decken
sich intellectus und Verstand such nicht, da man thatsächlich
doch auch eine wahrhaft ideale Erkenntniß anstrebte und besaß,
obwohl man Ideen und Begriffe nicht klar von einander unterschied. „Vernunft" aber hat eine andere Bedeutung und Func-

---

[1]) Vgl. über intellectus und Vernunft meine „Einleitung in die Philosophie ꝛc."
S. 210 ff.

tion. Sie ist Vermögen idealer Erkenntniß und hat als solches einen bestimmten apriorischen Gehalt, der dem Geiste
die Fähigkeit gibt und den Maaßstab, die Dinge in Bezug auf
ihre Vollkommenheit oder ideale Wahrheit zu erkennen, zu beurtheilen, in unmittelbarem Lichte — nicht in einem irgend erst
geliehenen oder aufgenommenen. Die Vernunft ist als Vermögen des Vernehmens eines idealen Reiches und der absoluten Vollkommenheit und gewissermaßen eine zwar nicht für die
Wahrheit — aber für die eigenthümliche Erkenntniß derselben
schöpferische Kraft. Wo sie daher als besonderes philosophisches
Vermögen und Princip anerkannt wird, da muß nothwendig
die Philosophie selbstständiger, unabhängiger sich gestalten und
auftreten, als wo nur der leere intellectus als das eigentlich
erkennende Agens gilt; wie es ja auch sonst in der germanischen Natur liegt, bei aller Anerkennung der Auctorität doch
auch wiederum nach Selbstständigkeit in den Lebensverhältnissen,
nach Selfgovernment zu streben. Bei den Romanen ist freilich thatsächlich das, was wir Vernunft nennen ebenfalls thätig
und nicht blos der intellectus, aber ihre Eigenthümlichkeit
und schon ihre Sprache läßt dieß theoretisch, principiell
nicht recht zur Anerkennung kommen und zur Geltung bringen.
Hierin liegt zugleich eine Hauptschwierigkeit der gegenseitigen
Verständigung der romanisch-scholastischen und deutschen Philosophie, wie wir sie unserer Natur und unserm Bedürfniß gemäß zu fassen und auszubilden haben. — Diese deutsche Eigenthümlichkeit wird man von Seite der romanischen und romanisirten Scholastiker sowohl, als auch von den kirchlichen Behörden
gelten lassen müssen, wenn man der deutschen Nationalität und der
ihr gemäßen idealen Erkenntniß in der Philosophie und selbst
in der Theologie, (soweit sie wirklich wissenschaftlich seyn soll)
gerecht werden will. Ohne dieß wird die deutsche Geisteswis-

fenschaft in ihrem innersten Leben gehemmt, und wird Fortschritt
eben so wenig möglich seyn, als ein förbernder Einfluß auf
die Bildung des Zeitbewußtseyns und eine Beherrschung und
Erhebung desselben. — Man möchte vielleicht dagegen einwenden, die deutsche Philosophie und die deutschen Philosophen
seyen ja selbst weder in dieser Auffassung der Vernunft,
noch in der der Philosophie einig, sondern es herrsche da
große Verschiedenheit, daher könne dieß nicht als nationales
Bedürfniß und Recht geltend gemacht werden. Allein die erwähnte Eigenthümlichkeit der germanischen Natur, das Streben
nach Tiefe, Innerlichkeit und Unmittelbarkeit, und das Verlangen selbst das von Außen Dargebotene (Wahrheit und Gesetz) nicht blos als Aeußerliches aufzunehmen und geltend zu
machen, sondern innerlichst die Anknüpfung an die subjective
Natur zu suchen, sich damit in inniger Verbindung gleichsam
zu vermählen und dasselbe dadurch wie ein subjectives Product
erscheinen zu lassen — diese Eigenthümlichkeit der germanischen
Natur, sage ich, ist so allgemein bekannt, und selbst von andern Nationen anerkannt in Lob oder Tadel, und durch die
Geschichte selbst bestätigt, daß sie im Ernste und allgemein
kaum bestritten werden kann. Selbst bei den eigentlich deutschen
hervorragenden Scholastikern machte sich diese Eigenthümlichkeit
in dem mystischen Grundzuge geltend, der ihnen eigen ist; so
vorzüglich bei Hugo von St. Victor und auch, wenn gleich in
minderem Grade bei Albertus Magnus; bei den späteren, mehr
einseitigen Mystikern ohne i:. Aber selbst auch der Kirchen-
spaltung in Deutschland lag, welches auch sonst die Veranlas-
sungen und Motive dazu seyn mochten, wenigstens zugleich der
gewaltsame Ausbruch dieses, immer mehr durch das romanische
Wesen in seiner Geltung beschränkten Grundzuges der germanischen Natur zu Grunde. Wenn nun die deutsche Philosophie

der neuern Zeit selbst nicht über einen Leisten geschlagen er= scheint, sondern verschiedene Standpunkte und Modifikationen bietet, so ist das kein Beweis gegen die Thatsächlichkeit dieses nationalen Grundzuges; denn dasselbe Streben nach Inner= lichkeit, nach Anknüpfung an das Subject und nach subjectivem, schöpferischen Streben zeigt sich allenthalben, und die besonderen Modificationen und sogar Disharmonieen gehen selbst hieraus hervor. — Dieser Grundzug hat demnach nationale Bedeutung und ein Recht sich geltend zu machen, damit die deutsche Wis= senschaft sich naturgemäß entwickeln kann — wenn auch aller= dings eigenthümliche Gefahren hinwiederum damit verbunden sind. Wir wollen nicht anderen Nationen, insbesondere nicht den romanischen, diese Eigenthümlichkeit aufdringen, sondern nur für uns sie zur Geltung bringen; jene mögen in ihrer Weise streben, aber sie haben kein Recht deutsche Werke um dieses Grundzuges willen zu verfolgen und zu verurtheilen [1]).

Noch wäre endlich gegen unsere Ansicht ein Umstand von besonderer Wichtigkeit hervorzuheben und geltend zu machen. Die scholastische Wissenschaft nämlich selbst ist ja eigentlich doch der Hauptsache nach Werk, Schöpfung des germanischen Geistes im Mittelalter, wie kann also diese Art der Wissenschaft der germanischen Natur zuwider und ein Hinderniß der freien, na= turgemäßen Thätigkeit und wissenschaftlichen Forschung seyn? Ich gebe zu, behaupte es sogar selbst, daß die Scholastik des Mittel= alters wesentlich Werk des germanischen Geistes sey, denn die bedeutendsten Scholastiker sind germanischen Ursprungs z. B. schon Anselm von Canterbury, Hugo von S. Victor, Albertus Magnus, selbst Thomas von Aquin u. A. Allein daraus geht für's Erste dieß hervor, daß schon damals der germanische

---

[1]) Es gibt allerdings auch Deutsche, die hievon nichts wissen wollen; aber es sind hauptsächlich romanisirte, solche, die in ihrer Jugend ganz in rö= misch-scholastischer Weise gebildet worden sind.

Geist den Drang und die Kraft hatte in eigenthümlicher Weise wissenschaftlich dem Christenthume gegenüber sich zu verhalten und eine neue Art der wissenschaftlichen Behandlung gerade in der Scholastik zu schaffen; eigenthümlich und verschieden von der wissenschaftlichen Art der griechischen und lateinischen Kirchen-Lehrer. Sie hielten es für erlaubt, für recht und nothwendig, eine neue Weise der Wissenschaft zu schaffen, nicht blos bei der alten es bewenden zu lassen. Denn das wird doch Niemand in Abrede stellen, daß die Scholastik, was wissenschaftliche Be-handlungsweise betrifft, sich sehr vom christlichen Alterthume unterscheidet, und als selbstständige Schöpfung sich darstellt. Daraus folgern wir aber nicht, daß wir nun diese Weise blind-lings annehmen und festhalten müssen, sondern vielmehr, daß auch wir das Recht haben nach unserer Art und unseren Be-dürfnissen die Wissenschaft des Geistes, die Philosophie insbe-sondere, zu gestalten. Denn wenn man damals das Recht dazu hatte, warum jetzt nicht mehr? Warum sollen wir um der Scholastik willen auf dieses Recht verzichten, da diese selbst den Kirchenvätern gegenüber nicht darauf verzichtet hat und selbst nie hätte entstehen können, wenn damals Grundsätze geltend gemacht worden wären, wie die, welche man jetzt im Namen der Scholastik zur Geltung bringen will? Was aber die ger-manische Eigenthümlichkeit betrifft, so ist in der That richtig, daß sie damals in der Wissenschaft nicht vollständig zur Gel-tung kam, wenigstens nicht in der eigentlichen Scholastik, son-dern mehr nur in der Mystik, und allmählig in dieser isolirt, zur Einseitigkeit wurde. In der eigentlich scholastischen Wis-senschaft bethätigte sich zwar die germanische Geisteskraft, aber in überkommenen, dem griechisch-römischen Alterthum entlehnten Formen, so daß ihre Eigenthümlichkeit in dieser Beziehung nicht recht zur Geltung kam, sondern mehr oder minder, na-

mentlich bei den späteren, eine Romanisirung eintrat; wie ja
auch sonst die Kraft der germanischen Völker die gesunkenen
Völker des Alterthums zwar neu belebte und regenerirte, da=
gegen dieselben formell von den Bildungsformen und Eigen=
thümlichkeiten der alten römischen Welt allmählig bezwungen,
gestaltet, romanisirt wurden und ihre germanische Eigenthüm=
lichkeit verloren. Wie in politischer und socialer Beziehung, so
verhält es sich auch in Bezug auf die Wissenschaft. Es wird aber
außer und neben der mehr und mehr romanisirten und endlich ro=
manisch gewordenen germanischen Geistesschöpfung der Scholastik,
wohl auch eine eigentlich germanisch=christliche Philosophie das
Recht haben, sich zu bilden und zu existiren, in welcher die
deutsche Eigenthümlichkeit sich vollkommener zur Geltung bringen,
und, so weit möglich, sich schöpferisch erweisen soll. Denn was
früher gestattet war, kann auch jetzt nicht wesentlich unchristlich
seyn, und wenn die romanische Art ein Recht hat, sich geltend
zu machen, dann auch die germanische; und wenn endlich das
deutsche Volk eine besondere Culturaufgabe hat und sie insbe=
sondere auch in der Schöpfung einer eigenthümlichen Philosophie
erfüllen soll, so kann es weder im Interesse der katholischen Kirche
noch in dem des deutschen Volkes liegen, daß gerade die Ka=
tholiken Deutschlands durch unbillige Beschränkung ihrer wis=
senschaftlichen, insbesondere philosophischen Bestrebungen von
der Erfüllung dieser nationalen Aufgabe ausgeschlossen werden.
Für Deutschland selber könnte eine solche Ausschließung ohne=
hin nur mehr und mehr unheilvoll werden, die Kluft zwischen
Katholiken und Protestanten nur immer mehr erweitern; wäh=
rend dagegen eine nationalere Art wissenschaftlichen Strebens
von Seite der Katholiken dazu beitragen wird, immer mehr
eine Verständigung mit den Protestanten Deutschlands zu er=
zielen, eine gegenseitige Annäherung und billige Beurtheilung

zu ermöglichen; denn dieß wird die Folge seyn, wenn man
endlich aufhört, zur Verschiedenheit des Glaubensbekenntnisses
auch noch beständig die Verschiedenheit wissenschaftlicher Behand=
lung, die für das deutsche Wesen ungenießbare, widerwärtige
romanisch=scholastische Art derselben zu fügen. Und hat das
deutsche Volk wirklich noch eine Zukunft, ist es noch nicht aus=
gelebt und dem Verfalle entgegengehend, dann wird es sicher
auch in der Wissenschaft der idealen Wahrheit nicht stille stehen
oder umkehren. Wo ein Volk nicht mehr mit frischem Geiste
vorwärts strebt, und Neues zu schaffen sich zutraut und unter=
nimmt, da geht es zurück und verkümmert; alle Auffrischung
großer Vergangenheit, alle Rückkehr zur Betrachtung großer
Leistungen derselben kann, wie die Geschichte genugsam lehrt,
dem Verfalle nicht wehren und keine Erneuerung wirken. Die
Griechen und die Römer hatten eine große Vergangenheit und
suchten sich theilweise künstlich durch die Erinnerung daran und
durch vermeintliche Rückkehr wieder aufzufrischen, gerade zu der
Zeit als das Christenthum aus kleinen Anfängen emporwuchs. Aber
die große Vergangenheit und das Streben nach Rückkehr zu
derselben half nichts mehr, da man nicht mehr Kraft und Muth
fühlte vorwärts zu streben und Neues zu schaffen. Das deutsche
Volk wird hoffentlich noch nicht in Betreff der geistigen Cultur
und Wissenschaft in dem Stadium der Kraftlosigkeit seyn, daß
es durch Zurückgreifen und Umkehr, durch Erinnerung an ehe=
malige Leistungen und Größe vergebliche Anstrengung zur Re=
generation zu machen braucht!

Man halte mir endlich auch nicht entgegen, der geringe
Aufschwung der Wissenschaft und Literatur im katholischen
Deutschland könne schon deßwegen nicht der Beschränkung durch
strenge Censur gegen die katholischen Schriftsteller zugeschrieben
werden, weil ja andere katholische Völker auch unter derselben

Strenge und Beschränkung stehen und dennoch zu hoher Blüthe in Wissenschaft und nationaler Literatur kamen. Das ist allerdings richtig, aber die Verhältnisse waren ganz andere. Für's Erste hatte sich bei diesen romanischen Völkern die eigenthümliche Literatur nicht einer übermächtigen protestantischen gegenüber zu entwickeln und zu behaupten, und zudem fühlen romanische Naturen sich in natürlicher Entwicklung durch romanisch-scholastische Principien und Schulansichten, die doch hauptsächlich den Maaßstab bei der Beurtheilung der katholischen Geistesarbeiten bilden, nicht in dem Maaße beschränkt wie deutsche, weil sie wesentlich verwandt sind. Dann aber fand der nationale Aufschwung stets gerade in den Perioden des höchsten Selbstgefühls und der geistesfreiesten Entwicklung statt, in Italien, wie in Spanien und Frankreich; überdieß war damals die Beschränkung durch Verbindung von Schulansichten und kirchlicher Censur keineswegs so strenge und organisirt, wie gegenwärtig. Und endlich, wenn wirklich manche Differenzen und Verfolgungen der Autoren oder ihrer Werke nicht ausblieben, wie z. B. in Frankreich, so nahm sich das nationale Bewußtseyn und Selbstgefühl derselben an und ließ sie nicht fallen trotz aller Anfeindungen, wie dieß z. B. bei Cartesius und seiner Philosophie der Fall war und ist. In Deutschland dürfen leider wenigstens katholische Schriftsteller solche Berücksichtigung und Förderung durch das nationale Bewußtseyn und Ehrgefühl kaum hoffen, und haben sie bisher auch nicht gefunden. Selbst die gebildeten Katholiken sind gewöhnlich gleichgültig gegen die Werke wie gegen das Schicksal insbesondere ihrer Philosophen und Theologen, finden es sogar häufig angemessen, daß man sie niederhalte und verpöne; denn sie meinen selbst, das liege im Wesen des Katholicismus jede freie selbstständige Geistesthätigkeit im Gebiete der höheren Wahrheiten

zu unterdrücken. Fühlen sie dann doch das Bedürfniß wissenschaftlicher Fortbildung in dieser Beziehung, so wenden sie sich
an die philosophischen und theologischen Werke des deutschen
Protestantismus, um dasselbe zu befriedigen; und insoferne ist
die Lage der katholischen Schriftsteller in Deutschland hoffnungs-
los genug!

Inhalt.

~~~

Druckfehler.

Seite   4 Zeile 3 von unten   Aufgabe statt Augabe.
  „   57 „ 11 von unten   bestätigt statt bestättigt.
  „   123 „ 12 von unten   secundär statt ecumbär.